休闲品趣

何茂亭 著

中原出版传媒集团
大地传媒

大象出版社
·郑州·

图书在版编目(CIP)数据

休闲品趣／何茂亭著.— 郑州：大象出版社，2015.5
 ISBN 978-7-5347-8344-9

Ⅰ.①休… Ⅱ.①何… Ⅲ.①随笔—作品集—中国—当代 Ⅳ.①I267.1

中国版本图书馆 CIP 数据核字(2015)第 054308 号

休闲品趣
何茂亭　著

出 版 人	王刘纯
责任编辑	杨天敬
责任校对	倪玉秀
封面设计	王晶晶

出版发行	大象出版社（郑州市开元路 16 号　邮政编码 450044）
	发行科　0371-63863551　总编室　0371-65597936
网　　址	www.daxiang.cn
印　　刷	河南省诚和印制有限公司
经　　销	各地新华书店经销
开　　本	787mm×1092mm　1/16
印　　张	14
字　　数	207 千字
版　　次	2015 年 8 月第 1 版　2015 年 8 月第 1 次印刷
定　　价	45.00 元

若发现印、装质量问题，影响阅读，请与承印厂联系调换。
印厂地址　郑州市丰庆路北段
邮政编码　450044　　电话　0371-63779016

目 录

欣赏自我 001

休闲小盘点　003
回眸 60 年　006
值得回味的变化　010
最有意义的事　013
重温诺言　017
至今口齿有余香　021
老邻居是良师益友　024
往事如师　026
启迪就在点滴间　028
童年趣事　030
到此一游梦成真　033
面目"全非"却更加美丽　036
经历是人生教材　039
艺海拾贝三两语　041
感念挚友　043

045　故地情深
048　用相机记住美好
050　我写作，我健康

053　品味人生

055　耐人寻味的"三句话"
058　平凡中的伟大
060　苦难也可贵
062　笑对人生
065　人生有度方坦然
067　学会忘记
069　人生需要加减乘除
072　我欣赏低调处世
074　平凡的快乐
076　多一些赞美好
078　用哲理激励人生
081　苦甜酸辣的可贵
083　容易被忽视的细节
085　童话可爱
087　老人是个"宝"
089　人生大舞台
091　挫折也有积极的一面

领略愉快　093

寻找快乐　095
人生"三乐"　097
我常想"一二"　100
追求新奇　102
我把"丢丑"当趣谈　104
欣赏伟人风范　106
自我调侃　110
怪事不怪　其中有爱　112
休闲说趣　114
身边的稀奇事　116
啼笑皆非的往事　119
走出去寻找新感觉　122
回首团拜　124
谁说休闲不是福　126
"爬格"之趣　128
可贵的"废话"　130

消遣漫话　133

人生"三看"　135
阅读还是千百篇　138

- 141 有为价更高
- 144 可贵的社会分工
- 146 一步错的警示
- 148 该认输时就认输
- 150 怎一个"丢弃"了得
- 152 不文明的背后
- 154 爱说"闲话"是病态
- 156 在法律约束下生活
- 158 深切的怀念
- 160 我请儿孙当老师
- 162 老习惯与新情况
- 165 老人的新鲜事
- 167 对我一生有用的话
- 171 注意形象　想到后果

173　健康寄语

- 175 "脸皮厚"能长寿
- 177 健康与快乐
- 179 话说吃"补药"
- 181 学会做心理医生
- 183 生活不能太单调
- 185 享受清静之趣

用智慧享受生活　187
精神养生四件事　190
常用脑　身体好　193
善于修养品自高　195
懊悔不如调侃　197
只言年轻不言老　199
人老思想不能老　201
老有所乐如何乐　203
"空巢老人"心不能空　205
不能不服老　208
我的休闲理念　210
何不一笑了之　213

后记　215

欣赏自我

每个人都有值得欣赏的地方，要学会欣赏自己，欣赏自己的过去和现在，欣赏自己的成长进步，欣赏自己的发展变化。悦纳自己，审视自己，修正自己，不断地完善自我。

休闲小盘点

时光匆匆，转眼间我已"告老身退"十八个年头了。这么长的时间，是怎么走过来的呢？最近，我进行了一次"回头看"，梳理一下，觉得很有意思。

在休闲时间里，尽管仍遇到一些困难、坎坷，但是，我没有消沉，没有虚度，一直以积极的态度，正视现实，健康地生活。

现实是什么？现实就是年龄到"站"了，从岗位上退了下来，不再是什么"长"了，每天活动的内容变了，环境变了，生活节奏也变了。

休闲诚可贵，有为价更高。面对新的情况、新的环境，最好的办法是调整心态，以积极的态度迎接新的生活，适应新的环境，正确地看待进退。离退休是自然规律，离开的是岗位，退去的是职务，不退的是理想、信念、意志，最重要的是要及时找准自己新的人生目标。不要老想着自己过去干过啥，心思停留在什么"长"上，要回归自然，回归常态，过退休后颐养天年的生活。

十多年来，沿着这样的思路，我坚持休闲的生活积极过，平淡的日子精彩过，在力所能及的情况下，做一些有意义的事，使休闲生活过得积极、充实、健康、有趣。

在休闲生活中，我最喜欢做的事就是读书。好多过去想读没时间读、没机会读的书，在休闲中完成了。从书中获得许多新知识、新感受，我深感欣慰。再就是，老有所学，追求新奇，学会使用电脑、手机、数码相机等，使我增添了不少乐趣，开阔了眼界。还有，利用休闲时间"爬格"，将自己经历过的某些往事、熟悉的趣事、对生活的感悟，写成文章。更开心的是，退休后到全国各地游览名胜古迹，领略秀美风光、异域风情，以及各地的新发展、新变化、新面貌，感受改革开放以来国家发展变化的巨大。日常生活中，我坚持适度锻炼、科学养生，使自己有个好身体。休闲中还结识了一批新朋友，经常相聚聊天，十分惬意。

当然，刚从岗位上退下来时，也有过一段转变、适应的过程，主要是由过去忙工作到现在忙家务，由过去天天往机关跑到现在往集市上跑，行走在普通百姓中。"不在其位，不谋其政"了，追逐的人少了，难免会有一些"人走茶凉"的感觉。我觉得，不能用老眼光看待这些，应有一颗平常心。回归自然，返璞归真，从普通回到普通。

在品味休闲生活中，我也悟出了一些新理念。

一是要积极。就是要与时俱进，继续学习。学习新知识、新技术、新观念，开阔视野，继续前进，跟上时代步伐。新时期要有新作为。我想，自己是一名党员，党的理想、信念和实现中华民族伟大复兴的梦想就在心中，一定要有所作为。同时要积极地走向社会，走入人群，置身于群众之中，走入新生活中去，与大自然接触，与新老朋友相聚，寻找新的乐趣、新的精神追求。

二是要乐观。放松心情，寻找快乐，不要孤独寂寞，不要闭门苦熬，不要孤陋寡闻。要博览广闻，向往美好，多接触新鲜事物，多寻找新的爱好，高高兴兴地过好每一天。要知道快乐是幸福的源泉，寻找快乐就是创造幸福。

三是要朴实。回归自然，过平常、平凡、平静的生活。不能随心所欲，为所欲为。不攀比，不嫉妒。学会知足常乐、清心寡欲，学会随遇而安、安而不惰。

四是要潇洒。毕竟时代不同了，条件变化了。要学会享受新生活，学点幽默，学点浪漫，学点新潮时尚，改变一下生活习惯，提高一下生活质量。

五是要健康。学一点保健知识，懂一点养生之道。坚持锻炼，合理膳食，不海吃海喝，不超负荷活动。要了解自己的身体状况，明白自己该吃什么、补什么、防什么，真正做到预防为主、防治并重。

偶有感触，写了一首小诗，作为"小盘点"的结束语：

"告老身退"欲何求？随遇而安享自由。
回归自然平常事，无须苦闷与发愁。
青春不再由它去，赏心悦事在"金秋"。
老有所为献余热，老有所乐解千愁。
多些爱好与乐趣，心态乐观能长寿。
赋闲陋室读读书，有兴时候去旅游。
儿孙亲友常相聚，欢声笑语能驱愁。
常与老友聊聊天，优雅环境走一走。
养生保健身体好，坚持锻炼不能丢。
盛世年华喜事多，寻找快乐在于求。
有福不在钱多少，品尝幸福在感受。
颐养天年莫攀比，坦荡豁达度春秋。

回眸60年

在国庆节60周年来临之际，我怀着无比兴奋的心情，回顾了一下自己60年来的变化。我从一个农村孩子，成长为国家干部，由孤身一人到儿孙满堂，由步入征途投身革命到离职休息在家颐养天年，经历了一个沧桑、难忘、荣幸、可贵的历程。从我的经历中也能看到共和国沧桑巨变的历史身影。60年来发生在我身上的变化实在太多、太大了，大得连做梦都在笑，可这都已成为现实。

1949年

1949年1月，我怀着追求进步、向往美好的心情，迈出关键的一步，走出家门，参加革命，投身到解放的洪流中，成为一名新中国的工作者、服务者。从此，我摆脱了饥寒交迫的困境，改变了被压迫被剥削的命运，在革命的大家庭里，我心潮澎湃，热血沸腾，忘我地工作。在党组织的亲切关怀和培养教育下，我先后加入了新民主主义青年团和中国共产党。在老领导、老同志的带领下，我坚持边工作边学习，学政治、学文化。那种翻身解放的心情，一直鼓舞着我，使我心明眼亮，志向远大，对革命充满信心，对未来充满希望。

1959 年

20 世纪 50 年代，我在农村工作。经受过与农民群众同吃、同住、同劳动的锻炼，也经受过三年严重困难时期的考验；目睹过"浮夸风"的危害，也亲身感受过极左思想的冲击。但是不管处于什么样的境遇，我没有动摇过、退缩过，我始终坚信理想信念，视艰难困苦、坎坷磨难为考验。那些年的经历使我深刻体会到，逆境是一种财富，它能磨炼人、考验人、锻炼人，它既能把人击垮，也能使人成熟。在逆境中克服困难、经受考验是一个人最可贵、最值得珍惜的财富。

1969 年

20 世纪 60 年代末，国家正处于"文革"的浩劫之中。我所在的机关被解散了，组织也瘫痪了，我除了接受批判，大部分时间在家"待命"，无事可做。我深刻感受到失去组织、失去自由、无事可做的痛苦。后来，形势发生了转机，"文革"结束，"四人帮"覆灭，我无比喜悦，精神振奋，重新获得工作机会，在新的岗位上我觉得浑身有使不完的劲，有一种久旱逢甘霖的感觉，再苦再累，我也觉得很愉快。

1979 年

粉碎"四人帮"之后，全国上下开展了"真理标准"大讨论和平反冤假错案工作，这也是我党历史上一次伟大的创举，对每个党员、每个中国人来说都是一次最深刻、最实际的教育。我和许多人一样，是这次活动的

受益者。当时，我如饥似渴地反复学习《实践是检验真理的唯一标准》等一系列文章，积极参与对冤假错案的平反纠正，这使我明白了许多道理和历史真相，消除了许多误会和疑虑，了解到许多过去不理解、不了解的是非问题，并认识到其产生的原因和历史教训。后来，我还参加了推行联产承包责任制等工作。这些事我至今记忆犹新。

1989 年

进入 1989 年，国家在改革开放方面已经取得丰硕成果。看到国家在政治、经济、文化、教育、科技等方面发生的变化及取得的成就，我内心有一种很幸福的感觉。几年后，我从工作岗位上退了下来，过起离职休养生活，"而今迈步从头越"，进入人生的新阶段。为丰富晚年生活，我寻找到许多新乐趣，诸如品评欣赏广播电视、写文章、摄影、旅游、找老朋友聊天等，使平凡的日常生活过得充实、愉快，有滋有味。

1999 年

随着改革开放的深入，我们国家步入历史的最好时期。国家强大了，经济发展了，人民富裕了。我也和大家一样享受到改革发展的成果，过上了好日子，在衣食住行等许多方面发生了巨大变化，真正感受到幸福生活的甜蜜。

2009 年

在欢庆祖国 60 华诞到来之际，我深情地感谢党组织给我那么多培养、教育、学习、锻炼、成长的机会，感谢许多亲朋好友对我的关心、支持、帮助和鼓励，感谢自己有个好身体、好心情，让我赶上了好时代，看到了国家的新发展、新变化、新成就。在回顾往事、享受今天、憧憬未来时，我对现在的幸福生活很知足。没有祖国的发展，也就没有我的今天，我和祖国心心相印，息息相关。我对生活的经历十分珍惜，我能有今天，来之不易。同时，看到祖国在飞速发展，我仍然激情满怀、壮心不已。憧憬未来，放飞希望，我和祖国的明天一定会更加美好。

值得回味的变化

改革开放以来,我国发生了翻天覆地的变化,有些变化就在自己身边,有些就发生在自己身上。每每看到或想到这些变化,我就心情激动,精神振奋。

新变化是国家强盛的表现,是社会进步的标志,是催人奋进的动力。新变化有启迪、鼓舞、激励的作用。看到新的发展、新的变化,往往使人为之一振,让人耳目一新。从变化中我们能看到希望,在欣赏变化、享受成果中更加热爱我们的党和国家。

几十年来,许多新发展、新变化记录在脑子里,成为我心目中的里程碑。我喜欢回眸变化的足迹,回顾变化的历程,回味变化的喜悦。在我的记忆里,许多变化很值得回味。

一是拨乱反正。20 世纪 70 年代末,全国开展平反冤假错案工作,这是我党历史上的一件大事,为许多遭受过不公正对待的人洗刷了罪名,解除了痛苦。这项工作涉及广泛,影响深远。因为我参与了这项工作,感受较深，深感意义重大。1978年全国深入开展《实践是检验真理的唯一标准》的大讨论，我们党召开了十一届三中全会。这些都是我们党、我们国家政治生活中的大事，它冲破了极左思想的束缚，结束了"文革"的困扰，重新确定了党的思想路线、政治路线和组织路线，实现了党的工作重心转移。这件事对我鼓舞很大，最突出的是加深了对实事求是重要性的认识。

二是理论创新。从1982年起，党中央连续五年发出五个"一号文件"，把以家庭联产承包为主的责任制推向全国，指导中国农村改革不断深化，为稳定联产承包，发展乡镇企业，促进农副产品流通，推动农业生产市场化发挥了极其重要的作用，广大农村发生了翻天覆地的变化。1984年，党中央通过了《关于经济体制改革的决定》，突破了把计划经济与商品经济对立的传统观点，确认我国社会主义经济是公有制基础上的有计划的商品经济。这是党在社会主义理论问题上的新突破，为国家全面开展经济体制改革指明了方向。接着，实施以城市为重点的经济体制改革，对经济特区的设置，对社会主义初级阶段理论的阐述等，都是具有伟大历史意义的理论创新。

三是惠民政策。1985年，长期实行的粮食统购统销政策停止执行了。接着，自古以来实行的种地缴公粮的政策也取消了，广大农民拍手称快，赞不绝口。从2004年开始，国家又先后出台多个"三农"优惠政策，如粮食直补、购农机具补贴、购家电补贴等，大大减轻了农民的负担。还有，对农村低保户生活补助，农村实施新型合作医疗制度，对城乡老人的生活补助，对企业退休职工养老金的多次提升等。这些实实在在的好处使亿万人民得到实惠，深感幸福。

四是科技创新。人造地球卫星上天、载人航天飞行、月球探测工程等接连取得成功，我国自行设计制造的载人潜水器"蛟龙号"探海成功，我国第一艘航母交付入列，还有我国建成世界上最长的输油管道、最长的高速铁路、最长的跨海大桥、海拔最高的铁路，以及农业科学技术方面的创新成果等，都是我国史无前例的伟大创举。

五是港澳回归。1997年和1999年，香港、澳门先后回到祖国怀抱。这是祖国强大的标志，令国人和海外华人深感自豪。对香港、澳门实施"一

国两制",为祖国统一大业迈出重要一步,而且也为国际社会和平解决国家间历史遗留问题提供了范例。

变化多多,令人振奋。这些变化都是强国富民、为民谋利的大事、实事、喜事,来之不易,值得回味、珍惜。我想,每个人都希望自己的祖国强大、人民能过上幸福生活。如今,亲历盛世,享受改革开放的成果,我们能不高兴吗?

变化说明过去,奋斗成就未来。在欣赏变化、享受今天时,我仍然憧憬未来,希望看到更新、更美、更大的变化。我对未来充满期待,希望两个一百年的奋斗目标和中华民族伟大复兴的梦想早日实现。

最有意义的事

我一生中有过许多欣慰的往事,其中最有意义的是解放初到干校学习,参加工作;步入征程不久,就光荣地加入党组织;离休后又找到了"爬格"的兴趣,写了一本抒发情感的书。

一

解放前夕,在我们家乡早已传闻,共产党、八路军快来了!共产党、八路军是贫苦穷人的大救星。广大群众怀着十分喜悦的心情,互相传递这一喜讯,欢欣鼓舞,翘首企盼。而这时的国民党旧政权惊恐万状、摇摇欲坠,却又垂死挣扎,欺压百姓,虽然黎明在即,喷薄欲出,却仍处于黎明前的黑暗,社会动荡,匪患横行。在这样的情况下,学校也放假了,我整天待在家里,除了参加劳动,无所事事,心里很不是滋味。正当我苦闷发愁时,临村几位同学来找我,问我愿不愿意到县城干校去学习,参加工作,我当

即就表示愿意，随即回家拿个被子就和他们一起走了，当天就到县城干校报到了。

在干校学习期间，我听到、看到、学到了许多过去从来没有接触过的新知识、新思想，一下子找到了新感觉，懂得了许多革命道理，觉得心里明了，眼睛亮了，对未来充满希望，对前途充满信心。我入校不久就光荣地加入新民主主义青年团，还被评为学习模范。这时的我，心情非常激动，把一切都交给组织了。

关键时刻迈出了可喜的一步，摆脱了困境，走上了正道，这是我一生中最有意义、最值得回味和庆幸的事情。正是这最初的选择，影响了我一生，成就了我一生，在后来的工作中我一直以"初出茅庐"时受到的启蒙教育作为启示录，不断地警示自己；也正是这最初的选择，改变了我的命运，我一直把共产党解放了我、永远听党的话、刻苦学习、努力工作、永不懈怠作为贯穿一生的主线，不断地激励自己。

现在想想，这最初的选择实在是太可贵了。

二

刚参加工作时，我在一个单位做收发。非常幸运，与几位比我年长的老领导、老同志在一起工作。他们工作热情，艰苦朴素，待人亲切，老练持重，又有比较高的文化素质，是我身边的学习榜样。他们对我很热情，经常给我讲革命故事、革命道理；生活上关心我，帮助我解决实际困难，辅导我学政治、学文化，我深感温暖。我对他们很尊敬，喜欢与他们接近，把他们视为尊敬的长者、启蒙的老师、指导我前进的引路人。

由于长期相处，经常接触，有两位老领导后来成为我的入党介绍人。他们在培养教育我的过程中，不断地启发、引导我学习政治理论及党的基本知识，并问我：你知道什么叫共产党？愿不愿加入中国共产党？因为刚参加工作时学过这方面的知识，我回答得很顺利，受到他们的鼓励。后来，他们不断地找我谈话，给我讲党纲、党章的内容及革命前途等。那时候，党的基层组织对外还没有公开，他们对我的教育都是在个别谈话中进行的。

记得他们给我讲得比较多的是加入党组织后就要为解放全中国、全人类贡献自己的一切，要立场坚定，不怕牺牲，努力学习，积极工作等。这些最初的启蒙教育像新鲜血液一样注入我的心灵，给我增添了无穷力量。在党组织的关怀下，在两位介绍人的具体帮助下，我很快就加入了中国共产党。

加入党组织，我的追求也随之发生质的变化。有了崇高理想和坚定的信念及明确的奋斗目标，我对未来充满信心，在工作中、生活上更加严格要求自己。那些年，我一直把党的章程、党的要求作为我行为的准则和前进的动力，不断地审视自己、鞭策自己、激励自己。尽管这一生也是历经坎坷，但从来没有动摇过自己的理想、信念，对此我深感欣慰。

三

我喜欢读书，在读书中偶有感悟，喜欢写心得、札记。离休后这方面的爱好丝毫未减，并且在休闲时光里又找到"爬格"的乐趣。梳理思绪，回顾经历，把自己熟悉的往事、经历的趣事和对生活的感悟写成小文章，自我欣赏并与友人唱和，我觉得用这种方式享受休闲生活很有意思。

写作在不同的时期有不同的感受。过去在工作岗位上时写东西大多是任务在身，履行职责，有时限要求。现在写东西是一种消遣、一种享受，没有压力，写什么、怎么写全由自己选择。有兴致时就写，无兴致时就停下来，不急不躁，心平气和，不赶时间也不赶任务，整个过程是在愉悦中进行的。

写作是一件很迷人的事情，一热起来就放不下。特别是看到成果时，更激起我写作的积极性，有一种成就感。从最初写出的几篇到后来的几十篇、一百多篇，再到编辑成册，印刷成书，我深感欣慰，这样的可喜结果是我原来没有想到的。

在写作过程中我体会到，写作的过程也是学习的过程，它促使我学到许多新知识、新思维、新观念，往往为了写好一篇文章我不厌其烦地查资料、翻本子、找根据，到工具书里查，向有识之士请教，几易其稿，无数次修改，反复推敲，字斟句酌，有时干脆推翻重写。尽管自知水平低，仍苦苦追求语不惊人誓不休。一旦成文,那真像看见宝贝孩子一样高兴。

在写作中我还体会到,生命在于用脑,写作有益健康。勤动脑,身体好。写作使我身心愉快,每一篇文章都给我带来喜悦,给身体增添不少健康因素。

欣赏自己,回眸过去,回味一生中最有意义的事,能滋润心灵,能找到幸福的感觉,体会到此行不虚的价值。其实,许多人都经历过最有意义的事,深情地回味,是一种享受。谁回味,谁幸福。

重温诺言

中国共产党已经成立 90 周年了。在党的生日即将来临之际，我怀着无比喜悦的心情重新学习了入党誓词。重温誓言，倍感亲切，激起我许多回忆与思考。

入党誓词中说："我志愿加入中国共产党，拥护党的纲领，遵守党的章程，履行党员义务，执行党的决定，严守党的纪律，保守党的秘密，对党忠诚，积极工作，为共产主义奋斗终身，随时准备为党和人民牺牲一切，永不叛党。"

在这不足百字的誓词中，涵盖着党的性质、目的，党员的义务、使命、责任，以及对党员的基本要求等，内容丰富，言简意赅，词语精辟，含义深刻，可以说是全部党章的缩写。

入党誓词是每一个共产党员入党时立下的誓言、表过的决心、许下的心愿。它集中体现了一个共产党员的理想、信念、意志和境界。几十年来，它一直激励、鼓舞着广大共产党员前仆后继，为共产主义事

业奋勇向前。虽然在党的历史上有过无数次的艰难曲折，但是，历经磨难而不衰，久经考验更辉煌，事业蒸蒸日上，队伍越来越大。这充分表明，共产主义事业在广大党员和人民群众心目中有着不可动摇的地位和作用。

入党誓词也是我心中的一面旗帜，它的深刻含义一直铭记在心。我喜欢读入党誓词，每次重读都会使我产生新的感受，给我带来新的启迪。今年重读，给我的深刻感受有三点：

一是亲切感。重读入党誓词，使我很自然地回想起当年入党时的情景。我刚参加工作不久，有一种摆脱贫困、翻身解放的感觉，内心充满激情，心潮澎湃，热血沸腾。在我追求进步、向往美好时，我所在的单位有几位比我年长的老领导、老同志，发现了我，对我非常关心。他们热情地鼓励我，帮助我学政治学文化，教我工作方法，给我讲革命故事、革命道理，讲党的基本知识。后来又给我讲什么叫共产党，中国共产党的性质、目的、任务是什么，中国革命为什么只有在中国共产党领导下才能取得胜利，等等。在他们的热情帮助、启发引导下，我提高了思想认识，工作学习更加刻苦努力。在这样的情况下，我及时向党组织写了入党申请书，经过两位老同志的介绍，我光荣地加入了中国共产党。加入党组织是我人生征途中的重大转折，在政治生命中使我成为一名有理想、有信念、有组织、有纪律、有崇高奋斗目标的人。入党60多年来，我在工作、学习、生活中一直感受着党的温暖和关怀。我很幸运，我是在党组织的培养、教育下成长起来的。我深深地感谢曾经关心、帮助过我的人，感谢介绍我入党的老领导、老同志，他们是指引我前进的引路人。

回顾当年在党旗面前宣誓的情景，我至今记忆犹新。严肃认真的宣誓仪式，庄严神圣的宣誓过程，无比兴奋的喜悦心情，是我一生中最值得回忆和最难忘的时刻，每次想起来，我都感到亲切、欣慰。在党的生日来临之际，我深切地感谢党组织在长期的工作过程中，给我那么多学习机会、工作机会、锻炼机会，使我从一个普通农村青年成长为国家干部，使我有机会为党和国家建设事业做出应有的贡献。

二是幸福感。回眸走过的历程，品味现实的生活，目睹眼前的变化，我深感幸福。改革开放以来，我们国家发生了巨大变化，现在是我们中国人自豪的年代。几十年来，我们国家虽然经历了许多艰难曲折，有过许多教训，但是，在党的英明正确领导下，克服了重重困难，总结了经验，吸取了教训，纠正了错误，特别是克服了极左路线的干扰，实施改革开放，使我们党的事业重新焕发了生机，重新兴旺发达起来，取得了一个又一个胜利。

无数事实证明，中国共产党是伟大、光荣、正确的党，是久经考验的党。她的伟大、正确，不仅在于她担负的历史使命伟大正确，还在于她不管遇到什么困难，哪怕是党内出现一些严重错误，都能自己克服、纠正。事实上，在我们党的历史上，在前进道路上，出现的一些错误都是自己纠正的，而且在纠正错误之后，一桩桩、一件件可喜的新成就、新发展、新变化，又都是在党的英明正确领导下取得的。

说实在的，在我的一生中，有过成功与进步，也有过困难与坎坷。但不管在什么样的情况下，我从来都没有动摇过自己的信仰。我非常清楚，我是听着党的话、跟着党走成长起来的。从投身革命、逐步成长、不断进步到告老身退、离职休养，每一步都能感受到党的关怀和温暖。我一直把个人的追求、工作的变动、生活待遇的提高等与党和国家的需要联系在一起，把个人的成长进步视为组织培养、教育的结果，把工作的变动视为组织的需要，把提高工资待遇视为组织的关怀。我向往美好、憧憬未来，现在看到了新变化，赶上了好时代，过上了好日子，我深感幸福。改革开放以来，我们国家发生了巨大变化，各项事业飞速发展，我和许多人一样，亲身享受到改革发展的成果，深深地感受到幸福的滋味。

三是使命感。入党誓词明确提出，共产党员要为共产主义奋斗终身。干革命是一辈子的事情，现在，我虽然从工作岗位上退下来了，但是，我仍然是一名共产党员，为共产主义事业奋斗终身的决心没有变，理想、信念没有变，革命意志没有变，生命不息，奋斗不止。在新的形势面前，要寻找新的工作方法，继续为党的事业做贡献。党的事业是全体党员的事业，每个党员都担负着一定的责任，每个党员都应该有党的观念、责任意识。作为一名离职休养的老党员，不仅要管好自己，还要与时俱进，继续学习,继续关心党和国家的大事,在力所能及的情况下,继续做些对党有益的事。

入党誓词是我永远信守的诺言,我对誓词坚信不疑,并将继续为之努力。我相信:共产主义事业一定能够实现。

至今口齿有余香

当年农家吃派饭，至今口齿有余香。20世纪五六十年代，在县里工作过的干部大多有过下乡在农民家里吃派饭的经历。那个时期，党的工作重心在农村，为了发展农业生产，在农村接连不断地开展各种运动，像土地改革、互助合作、统购统销、公社化运动以及发展生产、兴修农田水利等。每次运动都要组织大批干部下乡工作，宣传党的政策，发动群众，落实任务，而且这也是干部下基层经受锻炼的一个好机会。在这一连串的活动中，每次我都是幸运的参与者，其深刻感受至今记忆犹新，最使我回味无穷的，就是在农民家里吃派饭。

当时，下乡工作在农民家里吃派饭是一项制度。上级明确规定，干部下乡工作必须到农民家里吃派饭，不准自行立火，不准回机关吃饭，不准搞特殊化，群众做啥吃啥。而且规定，在农民家里吃饭，必须按规定及时交付钱和粮票，不得拖欠。

当时这项制度很严格，如果违背就被视为贪污多占，是要追查处理的，因此大家都很重视，许多人常常在下乡前换些零钱以备吃派饭时用，如偶尔离去，未及时付给钱和粮票，也会托人代交，或专门写信寄去。正是这样的纪律，使下乡干部行为规范，廉洁自律，广大群众对此赞不绝口。

由于当时处在解放初期，农民生活水平还很低，在农民家里吃饭，早饭多是玉米糁糊糊，午饭是红薯叶面条，晚饭是红薯稀饭，一天三顿杂面饼、辣椒酱豆、芥菜丝、萝卜丝等。生活条件差的农户，做的饭质量还会更差一些。最好的时候是刚收罢庄稼时，轮到谁家会吃一顿捞面条或是烙馍炒豆腐等，那就很不错了。最困难的时候青黄不接，与群众一起吃过煮红薯干、熬野菜等。这样的粗茶淡饭，虽然没有在机关吃得好，但是在下乡工作中确实得到了锻练，密切了干群关系，在与群众同甘共苦中赢得了群众信任。

在农民家里吃派饭，实际上也是一个调查研究、沟通交流思想的过程。往往在互相交谈拉家常中了解到许多社情民意、矛盾纠纷、思想要求和生产生活情况，对开展工作、发动群众、解决具体问题非常有用。

对到农民家里吃派饭，当时无论干部群众都非常重视。在下乡干部心里，肩负使命，牢记宗旨，严守纪律，时时刻刻严格要求自己，不敢懈怠。在广大农民心目中，看到下乡干部和他们吃一样的饭，一起劳动，热情地称呼他们，给予很高的评价，认为是"老八路"作风，是"三大纪律八项注意"的光荣传统。虽然在一个队里某一户中，吃饭的就一两个人，可农民认为，他们是上级派来的，是党的干部，与他们同甘共苦，深为感动。因此，当时对管好干部吃饭，非常重视，非常认真。

生活中充满哲理，有时候，看似平常的事却蕴含着无穷的力量。就拿吃派饭说吧，大批下乡干部在与群众同吃同住、同劳动过程中，调查研究，宣传政策，帮助群众解决实际问题，获得群众的好评，使党的威信大大提高，干群关系更加密切，实在可贵。

弹指一挥，几十年过去了。我曾经住过的村庄，吃过派饭的农户，已无法统计了，但是它给我留下很深的印象。当初的下乡锻练，对我的成长进步有着重要作用，我深感幸运。

我生在农村，长在农村，但是真正对农村、农民有所了解是参加工作后，在老领导带领下又回到农村，在与农民同吃同住同劳动的过程中才有了新的认识。农民朴实厚道，诚恳热情，对到他们家里吃饭，帮他们干活，热情地称呼他们，非常感激，认为是看得起他们，尊重他们，信任他们，往往激动得满脸堆笑，眼含热泪，会热情地给你说心里话，反映真实情况，支持你的工作。农民重感情，讲义气，性情直爽，对党中央、毛主席有深厚的感情，对党中央的方针、政策、指示、号召，只要听懂了，想通了，就会热烈响应，坚决照办。

农村是个广阔的天地，是个大学校，能育人，能养人，能锻炼人。农村里有丰富的知识，在那里可以听到、看到、学到许多有用的知识。

农民是我的良师益友。从他们身上我学到许多宝贵知识，在农民家里我汲取到可贵的营养。我深切地怀念他们，怀念那些曾经关心、支持、帮助过我的老住户、老房东、老党员，以及为我烧茶做饭的许多农民。我由衷地感谢他们。遥想当年，一往情深，享受今天，感念往昔。

老邻居是良师益友

在几十年的工作生涯中，我曾先后调动过好几个地方和单位，搬家的次数和居住过的地方已记不清了。但是，有一点我印象深刻，就是对曾经毗邻而居的一些老邻居至今记忆犹新。这是由于过去在一起时相扶相帮，来往密切，结下情愫，留下感念。

在我印象里，许多老邻居是我们家的良师益友。有时在一起谈笑聊天、切磋厨艺、交流技术；偶遇身体不适，会得到邻居帮助；遇到烦恼会找邻居宣泄，请求帮助化解；等等。这些生活细节给互相间增添了许多和谐因素，带来欢声笑语，产生真诚互信。

我对邻居的感念有一个发展变化过程。

在刚参加工作时正处解放初期，我和许多同志一样都是没结婚的单身汉，几个人住在集体宿舍里，或就寝于办公室，吃饭在机关食堂。日常生活，除了工作就是学习，或下乡搞调查研究等，每天都在为工作忙碌。那时候，对追求进步看得很重。对与人相处的感觉是同事，邻居的概念还没有产生。

后来，随着时间的推移，原来的单身汉大多相继结婚，生儿育女，有了单独的住室，虽然仍在机关食堂吃饭、住宿，但是在思想上已经有了家的感觉，也有了邻居的概念。这个时期，大多在同一个院子居住，或住在同一所房里，相互间"全天候"地来往，距离近，接触多。那时，人们思想单纯，相处和谐，交往真诚友善，所以邻居的概念很深。

史无前例的"文革"把原来的模式打碎了，为了远离是非，许多人选择了搬出机关，到群众家里找房子住。那时，形势严峻，人人自危，许多人心存疑虑，互有戒心，不敢多说话，即使是至爱亲朋，也是谨言慎语，心存热情，表达谨慎，或巧施善意，暗送关照，生怕惹是生非，被人抓住什么。这时候的邻里关系很低调。

粉碎"四人帮"后，通过拨乱反正消除极左影响，人们的精神面貌发生了变化。特别是改革开放以来，人们的思想解放了，疑虑消除了，观念转变了，在人际交往、邻里相处中出现新的友善气氛。苦难历练人生，许多人在坎坷的生活实践中，悟出以邻为伴、与邻为善的哲理，积极构筑和谐的生活环境。

与人为善，和谐相处，过平安、平静的生活，是许多人的愿望和追求。但是，好邻居是在互谅互让、互敬互爱、互助互济、相扶相帮中形成的，是在酸甜苦辣的生活中磨炼出来的，是经过长时间的相处考验得来的。

步入新时期，领略到新感受。现在，我们国家发生了巨大变化，在生活领域里，出现许多新发展、新变化。生活条件好了，居住环境变了，许多人都住进了环境优美的社区，面积比过去大了，档次比过去高了，设备比过去好了。新发展、新变化使人振奋鼓舞，但是也容易使人陶醉。

我想，越是条件好、变化大，越应清醒地生活。住进高楼别墅，不能忘掉草根情结，不能忘记和谐相处的情感。人间最美是友谊，生活因和谐而美好。好环境是快乐的港湾，好邻居是良师益友，是和谐的元素。什么时候都应置身于群众之中，都不能离群索居。毗邻而居的可贵就在于相依相扶，和谐友善。即使物质条件再好，也有求助于人的地方。切不可过孤傲不群、落落寡合的生活。

往事如师

　　我生在农村，参加工作后长期在农村工作，可以说，一生中大部分时间是在农村度过的。农村养育了我，也给我提供了许多学习机会，我的很多知识是在农村这所大学校里学到的，农民是我可亲可敬的老师。

　　长期在农村生活，使我对农村有比较多的了解。

　　解放前，我目睹过农民贫困交加、饥寒交迫的生活，也深受其苦。解放初，我参加工作后经常在农村工作，对农村的生产情况、生活状况了解得比较多，当时生产方式落后，生活仍很艰苦。20世纪五六十年代，我参与过组织农民参加互助合作组织，克服生产困难等一系列运动；70年代末，参加过发动群众，实施联产承包责任制工作。这些经历使我感受很深，受到最深刻、最实际的锻炼，学到很多宝贵的生产知识、生活知识、社会知识等，也加深了同农民的感情，提高了对农村、农业、农民问题的认识。

　　我觉得农民朴实厚道，亲切诚恳，看问题直观，重视亲身感受，买东西重视实用，种庄稼重视实践。对乡情、族情、亲情、友情、爱情看得很重。

相互间关系好时，能把心掏给你；关系破裂时，会发生激烈争吵，甚至打得头破血流。

农民对土地看得很重，认为地能养人，坚持以农为业，多种经营，不放弃在土地上下功夫，一年四季，精耕细作，盼望风调雨顺，只要手中有粮，心里就不慌。

农民防灾意识强。过去农村灾情多，农民"年年防灾，夜夜防贼"，防范意识强，对防灾抗灾常有心理准备，亦有防御灾害的经验。

农民重视勤俭持家，富裕时不奢侈，贫穷时能忍耐。许多富裕起来的农户是靠辛勤劳动干出来的，靠勤俭持家省出来的。

农民有发家致富思想，盼望一年比一年好，明天比今天好，今后比现在好。顽强拼搏，执着追求，坚持不懈，代代相传。

农民对培养下一代很重视，把希望寄托在下一代，积极投资下一代，希望下一代换上新鲜血液，能改变现状，生活得更好。希望子孙们未来超过自己，能获得与人竞争的资本。

农民对共产党、毛主席感情很深，相信共产党是真心实意为老百姓办事的，只要是党的政策、党的号召就坚决拥护，坚信不疑。

我是20世纪80年代到城市工作的。由于长期在农村工作与生活，对农村的生活习惯、情感意识印象较深，与农村结下特有的情结，对农村的发展变化十分关心，对曾经工作过的地方非常怀念，经常通过各种方式，保持与农村的联系。

改革开放以来，农村的各项事业飞速发展，涌现出许多新生事物。农村的新发展、新变化、新面貌、新的生产方式、生活方式，使我深受鼓舞，由衷地为农村的巨大变化而高兴。农村是我最初起步、经受锻炼的地方。遥想当年，一往情深；感念当今，更加热爱。我热切地希望农村发展得更快、更好、更美。

启迪就在点滴间

由于工作关系，过去曾与新闻报道、宣传工作有过接触，在听讲话、看文章、听广播、看电视、读报纸中，常常被一些好的文章、好的报道、精彩的讲话所打动，被文章、讲话中的精彩语言所吸引。它的精彩之处在于，里面有独到的见解、精辟的语句、精练的概括、形象的比喻、生动的描绘及富有哲理的语言，在宣传人、教育人、引导人方面有着独特的作用。它的精彩之处常常表现在"点滴"之中，可谓是"精辟见解三两语，启迪就在点滴间"。

别看就那么几句话，它的作用相当大，在讲话或文章报道中，能起到提神、领航作用，能打动人心，拨动心弦，使人听后、看后，产生警示、启迪、激励、鼓舞作用。我发现有些文章、讲话，看后、听后不能全部记住，但是其中的精辟语句、警句、富有哲理的见解，印象深刻，能够记住。有的使人茅塞顿开，耳目一新；有的能震撼人心，催人奋进。有的能振聋发聩，遏制欲念；有的在文章中能起到画龙点睛的作用；有的见解精彩，能在人们心目中树起一面旗帜、一个标杆。好的报道、好的文章中精辟的语句，确实能给人留下深刻印象，播下难忘的记忆。

精辟的语言，精练的概括，来自群众，来自生活，来自实践，来自历史的知识宝库，是作者在深入群众、深入基层、深入实际、深入生活中发现的，找到的，悟出来的。能写出精辟的语句并不容易，需要付出艰苦的劳动；需要作者深入生活、深入实际，不断学习，长期积淀；还需作者善于思考、洞彻领悟、长期积累、反复锤炼。所以说，经典语言是从生活实践中提炼出来的，是经过精心构思、沙里淘金才形成的。点滴精华，凝聚着作者的良苦用心。有些人之所以能说出、写出精美的语言，不外乎他有"脑力"，有"眼力"，有"腕力"。有"脑力"，说明他肯学习，脑子里装的知识多；有"眼力"，说明他看问题敏锐，有识别能力；有"腕力"，说明他善于用笔，有语言、文字的表达能力。

有句行话说得好，"台上一分钟，台下百日功"，说的是苦练硬功的重要。我认为，想写出精美的语句，必须深入生活，深入实际，认真读书，勇于实践，善于思考，练好基本功。捕捉精辟语言的功夫主要在于拥有知识，洞察领悟，及时采集，揣摩玩味，整理归纳，长期积累。

"点滴"是思想火花，是闪光点。点滴体现经典，体现精华，表现出一种精神，一种境界，一种修养，一种水平，体现在语言精粹、笔锋犀利、见解独到、言简意赅上。这是认识的升华、经验的总结，虽然话语不多，但是有深度，有内含，有哲理，有新意，针对性强，有说服力，所以它的作用相当大，很可贵。我相信语言是有能量的，相信精辟的语言、经典的语言能量更大，能使人开阔视野，看到光明；能鼓励人振奋精神，战胜困难；能引导人走向美好的未来。

为了发挥好语言文字在宣传人、教育人、引导人中的重要作用，在进行宣传动员、思想教育、新闻报道中，重视语言文字的能量，提高语言文字的表达能力，非常重要。

休闲品趣

童年趣事

　　童年纯真，童趣可爱。深情地回味童年趣事，让我重新找到往日的快乐，好像又回到了当年。小时候，我和许多小朋友一样，性格活泼，思想单纯，有好奇心，喜欢模仿。但是由于年幼无知，涉世太浅，有时候单凭热情，自作聪明，自以为是，想办好事却弄巧成拙，变成笑话。我举几个例子。

　　其一，学写对联。那是我十来岁时，看到村里一位老师每到快过年时常给村里群众写对联，我产生好奇心，也兴致勃勃地找到一个对联本子，模仿着写。先是在农历腊月二十三之前，写"灶神"牌位两边的对联，内容是"二十三日去，初一五更回"，或"上天言好事，下界保平安"，横批是"四季平安"。

　　记得有一年，我把写好的对联，在腊月二十三"祭灶"那天公公正正地贴在"灶神"两边，看了又看，深感满意。随即我又给各屋门上也写了一些对联，并随即贴上。刚贴上不久，我父亲从外边回来，看到门两边的对联，大发脾气，立即把它撕掉。接着，他严厉地批评我说："二十三是给'老灶爷'祭灶哩，在'老灶爷'牌位两边贴对联是对的，你咋能把各屋门上都贴上对联呢？门两边的对联，到腊月二十八才能贴。常言说'二十八贴嘎嘎嘛'。"这就是我自作聪明、自以为是、弄巧成拙造成的笑话。

其二，写条幅。一次偶然的机会，我在本村一位有文化的人家里看到墙上挂的《陋室铭》四条幅，字写得很流畅，触景生情，引起兴趣。回家后，我随即买了两张油光纸，也"比葫芦画瓢"照着写了四幅，挂在我的卧室墙上，自我欣赏。

在写的过程中，我充满自信，先在废纸上练了好几遍，才开始写。条幅写成后，我看了又看，心满意足，感觉良好，随即贴在墙上。其实，当时我对《陋室铭》的含义还没弄懂，而主要是有好奇心，年幼无知，"初生牛犊不怕虎"，不怕出丑，不怕人笑话，不考虑别人看后是什么感觉，只图自己满意就行。回想起来真有点"班门弄斧"，滑稽可笑。如果现在再让我写《陋室铭》条幅贴在墙上，我可真没那时候的胆量了。

其三，帮父亲记账。我父亲没上过学，是个文盲，一生在家劳动，农忙务农，农闲时做个小生意。在我上小学三四年级的时候，父亲对我估计过高，有点"急于求成"，让我帮他记账，主要是记一些他与别人之间的往来临时账。由于我刚上几年小学，识字不多，有时父亲给我说的人名，我不会写，但我碍于虚荣心，不好意思说不会写，就把不会写的字先空起来，想着事后再查问一下补上，可时间一长，就把这件事儿忘了。当父亲再问时，我就说不清楚是谁了，于是，这笔账就成糊涂账了。为这事，我曾多次挨父亲的批评和巴掌。

其四，写"牌位"。过去农村过旧历年时，为了祭祀"神主"，灵位上常写一"牌位"。小时候，受长辈的影响，对信神信鬼的事，我也跟着信，除烧香磕头外，我最喜欢办的事就是春节时写"牌位"。我虽然文化不高，可在家里是唯一识字的人，所以每到快过年时，我早早就把写"牌位"的纸准备好了。那时，在人们心目中，神多得很，什么天神、地神、财神、门神、老灶爷、牛王爷等，都得写个牌位"供奉"，谁也不能得罪。所以，一到过年时，就会写很多"牌位"，贴在适当的位置上，除家中各种"牌位"

外，还有出门迎面墙上贴"出门见喜"，在桌椅上贴"大吉大利"，在石碾上贴"福"字等。反正就是图个吉利。对于我来说，并不相信写这么多"牌位"会有多大作用，能带来多少好处，我看重的是，这是过年一种活动，借这个机会显示一下自己的"本领"。

　　童年可贵，童心可爱，童趣可笑。小时候天真幼稚，毫无顾忌，留下许多趣事。现在看起来确实有点幼稚浅薄，滑稽可笑，但是仍然觉得很可爱。回想起来，真想时光倒流，再过几年那样的生活。

到此一游梦成真

对向往已久、热切盼望,想亲自去看一看的地方,往往有一种神秘感。

最近,我与几位好友随团到香港、澳门旅游了一次,实现了多年的夙愿,心里非常高兴。

香港、澳门是我早就向往一游的地方,如今如愿以偿,令我兴奋不已。这次港澳游,由于旅游部门的周密组织、精心安排,虽然时间短暂,但是看得很过瘾,玩得很开心。香港、澳门优美的环境、独具魅力的风格、鳞次栉比的高楼大厦、别致奇特的雕塑、五光十色的市容市貌、蜿蜒起伏的道路、层层叠叠的高架立交、比比皆是的超市商店、琳琅满目的商品,还有来来往往、千姿百态的行人,所有这一切美丽、繁华、壮观的景象,都给我留下很深、很新的印象,也勾起我深情的回忆。

说起对港澳的印象,我曾经有过不同时期、不同阶段、不同印象的经历。解放前,在上学的时候,从书本上,就了解到香港、澳门被列强占领的一些历史。那时候,在我印象里,旧中国贫穷落后,列强欺负中国,签订不

平等条约，把中国的香港、澳门强行占领了，这是中国的耻辱。在思想上产生对入侵中国的列强和对旧中国的统治者的愤恨。

20世纪40年代末，我参加工作后，通过看报纸、听广播、读有关的书籍，对香港、澳门的印象是，香港、澳门是资本主义制度，社会秩序混乱，人员复杂，生活腐败，社会黑暗，是个危险的地方。我常常把香港、澳门这几个字与落后黑暗相提并论，但是，有时又想，香港、澳门毕竟是中国的领土，是被列强强行占领的地方，港澳同胞也是祖国骨肉，什么时候能回到祖国怀抱，实现骨肉团聚，那才开心呢。

1997年香港回归了，1999年澳门也回归了，被列强强行侵占上百年的神圣领土终于回归了，被强行分离的骨肉同胞也回归、团聚了。全国人民欢欣鼓舞，无不拍手称快。当五星红旗在这块神圣的土地上升起的时候，我和全国人民一样，心潮澎湃，热血沸腾，精神特别振奋，幸福感油然而生，自豪感一下子涌上心头，觉得祖国真的强大了。香港、澳门的回归就是强大的标志，是中国步入新时期、迈入新阶段、走向新辉煌的标志。

改革开放以来，中国出现这么大的变化、这么多的变化、这么美好的新景象，是怎么实现的呢？很明显，是在中国共产党的正确领导下，在全国人民团结一致的行动中，经过艰难曲折的历程，前仆后继的努力，不屈不挠、流血牺牲的付出才实现的。

现在的中国，在世人面前站起来了，国际地位提高了，外国人对中国也刮目相看。我们深深地感受到国富民强的滋味。在欣赏成就、享受成果的时候，我们应该有感恩的心态，更加热爱我们的党，热爱我们的国家，热爱我们这个伟大的民族，热爱我们的社会主义制度。我们要更加奋发励志，刻苦学习，努力做好本职工作，为中华民族的伟大复兴，为建设更加美好的未来而奋斗。

有感而发，即兴寄语：

　　昔日国弱受欺，港澳被人掠去。

　　造成骨肉分离，国人谁不痛惜。

　　先辈浴血奋斗，付出无数搏击。

　　是党领导英明，实现回归雪耻。

举国欢庆胜利，备感自豪无比。
无数史实证明，发展是硬道理。
唯有国家富强，方有民族屹立。
中华民族复兴，试看谁敢再欺。

面目"全非"却更加美丽

最近,我陪同一位从外地归来、过去曾在鄢陵工作过的老同志,进行了一次故地重游,看到鄢陵翻天覆地的变化,激起我一往情深的回忆。

我是20世纪40年代末到鄢陵工作的。在我的印象中,当时的鄢陵,因长期遭受"水、旱、黄、汤"的肆虐,群众生活很艰苦,外出逃荒要饭的多。那时流传有这样几句话:"鄢陵扶沟好收泥鳅。""犁一犁,拾一席,耙一耙,吃一夏。"这是黄水灾后留下的俗话。当时,在鄢陵的陶城、南坞等地,曾经被黄水淹过的地方有些耕地还未复耕,有些淤过的耕地仍生长着野柳树、水红花、蒲草等。

当时的县城,没有电灯,夜晚照明大多是煤油灯。大街小巷都是泥土路,大街两旁的门面房多是砖瓦结构的旧房,出前檐,板搭门。商店经营的多是日常生活用品。在大街上,经常能听到的吆喝声是"江米甜酒、烧饼、麻糖、卖水啊"等。(因当时县城主要街道多是苦水井,市民、商户生活用水多是从推车卖水的那里买的)县城最热闹的地方是鼓楼市场,那里每天都有卖菜的。

在农村，农民的住房多是破旧的土坯草房。村里道路狭窄不平。人们吃的多是粗粮杂面，红薯是当家食品，红薯叶、芝麻叶是主要蔬菜。人们的服饰多为黑、蓝、灰土布衣服，即便是少男少女，也没有特别奢侈的打扮。

当时，县里还没有汽车，县乡之间的道路全是泥土路，干部下乡工作都是自背行李徒步行走。

转眼间几十年过去了。现在的鄢陵，变化实在太大了，变得"面目全非"了，旧貌已荡然无存。说实在的，变得更加美丽了。在那里，你可以欣赏到万紫千红的花卉，一望无际的林海，郁郁葱葱的生态，充满喜悦的笑脸。

如今的鄢陵，县城道路宽敞，楼房林立，商店、超市比比皆是，商品琳琅满目，生意兴隆，行人如织。整个市区，规划科学，布局合理，生活设施齐全，生活环境优雅。城市居民和职工干部，大多已搬进居民生活小区，城内最高楼房达 20 多层。

在农村，原先的土坯草房已经绝迹，取代它的是砖瓦和水泥结构的新房、楼房。有些地方，已经建成或正在建设新型农村社区。不少农民在衣、食、住、行等方面，已经过上与城市人一样的生活。当年宣传的"电灯电话、楼上楼下"，现在已经变成现实。许多农民家里，都拥有电视、电冰箱、洗衣机、电脑、手机、摩托车、汽车、拖拉机等商品。特别是近几年来，随着形势的发展，自古以来喜爱花木的鄢陵人，乘势而上，大力发展花木产业，使鄢陵的生产、生活、经济基础、生态面貌等发生了翻天覆地的变化，如今的鄢陵已经变成"花的海洋、鸟的故乡、树的世界、人间天堂"了。

鄢陵人民敢想敢干，乘改革开放的春风，开拓进取，奋力拼搏，创造出许多奇迹，使这个出了名的"老灾区"发生了奇迹般的变化，广大城乡人民过上了好日子。看到美丽的新鄢陵，连我们这些曾经在那里工作过的人也由衷地高兴。在重游故地时，看到惊人的变化，我们笑在脸上，喜在心里，虽然已看不到原来的面貌，但是仍能找到当年的感觉。即兴随笔，赋诗一首：

    金秋故地游，美景醉心头。
    旧貌换新颜，草屋变新楼。

新村犹如画，人在景中走。
不见当年路，眼前是绿洲。
千树拍手笑，万花喜点头。
坚持改革路，更上一层楼。

经历是人生教材

人的一生，从步入征程到告老身退，其间有许多经历，有自己理想的，也有出乎意料的。经历是机会，不管是什么样的经历都应认真对待。人生是一个过程，社会是一所大学校，经历是人生教材，实践出真知，历练出智慧，生活会教会你一切。每次经历都是一次机会，也是收获。人生就是从每一次机遇中走出来的，把握好每次机遇很重要。我一生信守组织决定，凡组织决定的事，交给的任务，我都认真去做，把每次机会看作学习的机会、锻炼的机会、成长进步的机会。

步入社会，走上岗位，是自己对社会的选择，也是社会对自己的选择。既然选择了现实，就应接受现实。只要对党、对人民、对国家有利，就努力去干，即使自己不熟悉的工作，也要下定决心、创造条件去适应现实，干好工作。

我一生中有过许多工作经历，在党委、政府、人大、政协、文化、教育、群众团体等单位都工作过，也分管过工业、政法、民兵等工作。调动的单位有几十个，还有临时抽调、离职学习、外出考察、下乡蹲点、下基层调研等。有时坚守一职长期不变，有时工作几十天、几个月就变动了。我觉得，每次变动都是工作需要，是新的起点，没必要讲价钱。

我深知自己先天不足，基础差，底子薄。面对新的工作，只能根据工作的需要、职责来要求自己，用努力学习去适应新的工作岗位，把每次工作变动看成一次新的学习机会。

对于我来说，完成每项任务都不轻松，有顺利的时候，也遇到过困难，甚至困难重重，阻力很大。但我觉得，正是无数个困难、压力，才锻炼了我的意志，考验和磨炼了我的能力。

实际上，我的许多知识、经验是在实际工作中学到的，是在每一次的经历中学到的。没有经历哪儿来的经验，正是由于我做过收发工作，才懂得保密无小事，责任重如山，机要保密工作，慎之又慎。做过文印工作，在刻蜡板、印文件的过程中，锻炼了写作，增长了知识。做宣传、文化、教育工作，为我提供了学习政治理论、做思想政治工作、与师生相处及熟悉文化艺术工作的机会。在做农村工作时，我经常与农民打交道，深入基层，调查研究，与农民同吃、同住、同劳动，才提高了对农村、农民、农业问题的认识，加深了与农民的感情。

一次次经历就是一次次学习的机会。一次次深入实际的锻炼，丰富了我的一生，也造就了我的一生。每次经历都有新的体会，新的提高。无数次的亲身经历，促使我不断地成长进步。

艺海拾贝三两语

　　我小时候，家庭十分困难，勉强上了几年学就辍学了。解放初参加工作后，觉得自己基础差，先天不足，常想寻找机会改变自己，充实自己的文化知识。在工作过程中，我逐渐意识到，新的生活环境是学习的极好机会，坚持自学是最好的选择。于是，在学政治的同时，结合工作实际，刻苦学习文化。在工作中遇到不认识的字、不懂的词和典故等，就到工具书里去找答案，向文化程度高的同志请教。不论在机关还是下乡工作，一直坚持。就这样，在工作过程中坚持自学，使我积累了一些有用知识。

　　回顾起来，我深深感到，我的许多文化知识，是参加工作后在实际工作过程中学到的，是长期坚持自学得到的，是从点点滴滴中积累起来的。对此，我曾用"都云学者痴，谁解其中味"来抒发自己的心境。

　　我一直认为，社会是学习的大课堂，生活是知识的海洋，书籍是知识的宝库，工作过程是联系实际的最好机会。在工作、生活、学习过程中，只要留心，随时都能发现值得学习的东西。艺海拾贝三两语，收获就在点滴间。出于这样的认识，在日常生活中，在与人交往中，或在读书看报听广播、看电视中及其他一些活动中，碰到自己认为句子精辟、见解独到、富有哲理、领悟深刻的语言，或急中生智、机智应对的事例，我都深感兴趣，有选择地把它收集起来，供自己学习使用。

努力学习知识，希望拥有知识，这是许多人的追求，不少人为此付出一生的努力。学习知识，积累知识，用知识充实自己，提升自己，其目的就是使自己变得更聪明，更有智慧，能够更好地工作，更好地实现自身价值。

我想，丰富多彩的生活、琳琅满目的书籍、比比皆是的传媒，还有与人交往相处中，都蕴藏着宝贵的知识，许多锦言慧语就在其中。有些虽然是三言两语，点点滴滴，但是收集起来，积少成多，就是财富。长期坚持，就会使自己拥有丰富的知识。特别是通过进一步学习，再悟出自己的认识，就会成为自己的财富。

人的一生，岁月漫长，历经沧桑，学习的机会很多，学习知识的方法、获得知识的渠道也很多。只要肯用心，许多宝贵的知识就在身边。

学习知识，贵在积累，贵在持之以恒。只要坚持，从点滴做起，肯定能获得丰硕收获，使自己成为有文化、有知识、有学问的人。实际上，一个人拥有的知识，有许多是在点滴中学到的，是在点滴中积累起来的。

学习知识是往脑子里装东西，储存信息，既要有毅力，也要有技巧。要善于发现、收集，还要学会消化、吸收。

人的一生，是学习的一生，为了生存发展、成长进步，需要学习很多知识。而且随着时间的推移、社会的进步，需要与时俱进，学习新知识、新技术，以适应不断发展的新情况、新形势，即使过去受过高等教育的人，也需要继续学习，不断充实新的知识、新的技能。

感念挚友

我一生中最幸运、最可贵的是在人生旅途中结识一批相识相知、心地善良、敢于直言的亲密朋友。挚友意味着什么？意味着同甘共苦、志同道合、相扶相帮。

在亲密朋友中，有求学上进时的同窗，有步入征途时的启蒙老师、老领导，有曾经在一起工作过的同事，也有在工作、学习过程中结识的职工、干部、工人、农民、军人、教师等。在相处交往中，从相识相知到合作共事，进而彼此信赖，结成友谊。可以说，与亲密好友的深厚友谊，是在长期的工作过程中形成的，是在同甘共苦、同舟共济中形成的，是在以诚相见、批评鼓励中形成的。

人到老年，格外怀念过去那些充满深情厚谊的往事。我深切感念亲密好友给我的帮助。比如：在政治上帮助我进步，给我指路；在思想上帮助我提高认识，释疑解惑；在工作上教我方法，给我介绍经验；在学习中教我知识，给我启蒙；在生活上给予我无微不至的关怀、帮助；等等。更重

要的是，有时直言不讳的批评教育，指出我思想、工作、生活上存在的缺点、错误、毛病，使我及时察觉，及时纠正，避免了有可能发生的错误。

挚友们对我的诚恳帮助，我至今记忆犹新，成为我的精神财富和激励我进取的动力。我从他们的帮助中深深地感受到，他们身上有许多优点，有历经沧桑历练出来的优良作风，为我树起了人生的榜样。许多人成为我一生的良师益友。

相识相知，一往情深。长期以来，我与挚友们一直保持着联系，虽然有些老友因工作变动，相距远了，但是感情没变。过去是写信问候，后来改用手机、电话联系。有时，心血来潮，思念心切，我们也有过长途跋涉，专程拜访的举动，那种久别重逢的喜悦让人动容。

与老友居住近的，经常互相走动，相聚聊天，在一起谈天说地，讲形势，说感受。有时交流生活经验，有时倾吐郁闷、排解烦恼。老友们又成新时期休闲娱乐、消愁解闷的"开心果""润滑剂"了。

长期的生活实践，使我体会到拥有挚友的重要及挚友间相助相帮的可贵。挚友的相助给我增添了力量，增长了智慧，减少了误判。挚友的相助，使我多一双耳朵，兼听则明；使我多一双眼睛，看问题更全面了；使我多一个脑袋，思路更清晰了，智慧更多了。

挚友的相助，是难能可贵的，是人生旅途中的"润滑剂"，有时能起到"营养品""助推器"的作用，有时能起激励、告诫、警示作用。一个人的成长进步，虽然主要靠自己的努力，但是外因的作用不可低估。一个人想要成就一番事业，别人的相助是不能少的，要善于求助于人，求教于人。一个人不管如何成长进步、发展变化，不能忘记曾经帮助过自己的人，应该有感恩心态。

遥想挚友，感慨颇多，追忆往事，其乐无穷。

故地情深

老了喜欢怀旧，回忆陈年往事。对曾经工作过、生活过的地方一往情深。毕竟在那里有过付出，与那里的干部、群众有过亲密接触，经历过"同吃、同住、同劳动"的过程，所以心里经常想念。想过去在那里工作、生活时的情景，想当时朝夕相处的党员、干部，想热情诚恳、纯朴善良的农民群众，想一望无际、风景如画的田园风光，想在农民家里吃派饭时的感受，想"三同"时的情形，想与当地干部群众一起开会、学习、讨论、研究问题时的场景……遥想当年，感慨颇多。如同怀念故乡一样，许多欣慰的往事和有趣的故事都会涌上心头，成为永久的思念。

想得深沉时，常常会产生到故地重游的念头。这几年，我曾多次到故地重游。重游中，满怀深情，充满激情，全神贯注，忙坏了眼睛，情有独钟地寻找当年的印象和现在的感觉。看到"面目全非"却更加美丽的新发展、新变化时，往往表现出兴高采烈、惊讶、亲切的神态，好像又回到当年，年轻了许多。看着、想着、听着、问着，十分惬意，非常开心。目睹当下，

偶有感悟，会写上几句感慨的诗词来表达心意。

比如，在重游郏县时，触景生情，想到毛主席对"广阔天地"的批示，即兴写了几句感慨的话：

当年主席挥巨手，全国农村跟着走。
为求合作致富路，知青返乡当助手。
六十年代高潮起，知青下乡把师投。
如今广阔更广阔，改革开放上新楼。
盛世年华创伟业，一代新人竞风流。
可贵广阔成才路，有为知青成领袖。
江山代有才人出，继往开来写春秋。

看到许昌改革开放以来涌现出许多知名企业，创造出许多名优产品，有感而发写了几段"您问俺叫啥，请您猜猜吧"的谜语：

出身是泥巴，窑身变奇葩。到过贵宾室，走进收藏家。俏销全世界，誉冠全中华。祖传好几代，神垕是老家。

出生在鄢陵，丽质冠天下。姐妹一大群，人称一枝花。走遍全中国，人人把俺夸。见人喜欢笑，老家在姚家。

俺是头上花，走进千万家。改革开放后，豪迈走天涯。畅销全世界，品优人人夸。为国做贡献，家住"瑞贝卡"。

日常生活里，连着你我他。本地把俺请，外地大车拉。国家发奖牌，河街是俺家。

生就硬骨头，专拣硬的拿。投身大工程，切磨是专家。销往全世界，名气实在大。黄河磨具厂，那是俺老家。

在重游鄢陵时，看到久负盛名的"茶艺之乡"，有感而发：

千年造化泉水清，自古茶艺享盛名。
恰逢改革时机好，陈店因水事业兴。

在游襄城时，有感写道：

紫云山美风景秀，汝水清澈可摇舟。
三月盛会桃花节，首山风筝会挚友。

如此等等，每次故地重游，都不虚此行，都有新的收获。触景生情，浮想联翩。浏览、观察、感念、抒情、感慨寄语、即兴摄影等，用这些方式表达对故地的深情，深感快慰。回眸过去而又目睹当下，如同在激情岁月里漫游。

用相机记住美好

我喜欢照相，喜欢用相机记录生活，从20世纪50年代至今，已有50多个年头了。开始借用别人的相机，后来自己买了相机就更加方便了。虽然照相技术不高，但我一直坚持不懈，热情不减，为我留下许多宝贵的记忆。

我拍照的对象很广泛，除景物外，更多的是为亲朋好友们照生活留念。为别人照愿尽义务，为自己和家人照更是乐此不疲。我把用相机记录生活看作用影像记录历史，留下美好，创造乐趣。

从岗位上退下来后，我更加喜欢这一爱好。平时外出散步，出外旅游，或与亲朋好友相聚时，我喜欢带上相机，遇到合适的机会，看到喜欢的场面，碰到感兴趣的景物，会随时抓拍一些镜头，留作纪念。

相机是一种奇妙的工具，既有实用性，也有娱乐性，用它记录生活，生动形象，直观鲜活，很有趣味。什么时候翻看起来，都能找到愉悦，激起感慨。看到自己拍摄的作品，我心里有一种亲切感、成就感。

我玩相机主要是寻找乐趣，丰富生活。用相机记录生活，给我增添了许多乐趣，留下许多美好的记忆，特别是与亲朋好友相聚时的镜头，久别重逢时的留念，难得一游的异地风光，偶然一遇的奇妙景物，以及逢年过节或为老人、小孩儿过生日时记录下的影像，什么时候看起来都印象深刻，回味无穷，感到很甜蜜。

摄影是一种乐趣，既能培养爱好，也能展示才艺，拍照时往往激情满怀，给参与者带来好心情。当照片出来后，送给亲朋好友时，总会迎来一阵喜悦、鼓励，既加深亲情、友情，又收获快乐甜蜜，心里十分欣慰。

摄影是一种艺术，用相机记录生活是一种艺术创作，供人欣赏，形象鲜活，富有情感，能从中找到美的感觉和愉快的心情。

搞摄影是个技术活，操作中有许多技巧，运用好能把人物的形象、特征、情感照出来，反映出人的精神面貌。为了学习、掌握其中的某些技巧，我曾付出过许多努力，一旦有所进步，就异常兴奋，更加热心地投入。

长期的摄影爱好经历，让我积累了一批十分珍贵的影像资料，被我视为"宝贝"。为了翻看方便，经过精心整理，把几十年来积累的数百张照片，分门别类，装集成册，主要有幸运一生、合家欢乐、儿女童年、亲情团聚、老友相聚、异地风情、名胜古迹、盛世新貌、秀美风光、百花争艳、动物世界等。现在每每翻看起来，一目了然，印象非常深刻，往往让人触景生情。

我写作，我健康

离休后，我喜欢上了"爬格"，10多年来，先后写了200多篇文章，有的已在报刊、电台上发表。这一爱好，给我带来无穷的乐趣，也促进了身心健康。

我觉得，写作是阅读人生，是品味生活、领悟艰辛，是由感而悟的升华，是重新学习的过程。写作愉悦身心、滋养心灵。在写作中，我通过盘点回顾，构思谋篇，重新找到往日的感觉，加深对往日的感念、对时代的感慨、对人生的感悟。

写作是一件很开心的事，在回顾自己熟悉的往事或者有趣的故事时，好像是在当年生活里重游，觉得很亲切。在写作中，我激情满怀，充满期待，整个写作过程沉浸在深沉的回眸与寂静的思考之中。为了放松心态，一开始我就给自己的写作定调子，是为寻找开心、寻找乐趣、充实生活而写的。坚持写愉快的事、有趣的事、有意义的事，不赶时间，不定任务，不急于求成，不苦思冥想，想写就写，不想写时就放一放，不影响休息，不代替运动锻炼。坚持积极思考，把握适度，心里虽有期待，行动中量力而行，尽力而为，不急不躁，潜心耕耘。

写作是一件很迷人的事，一热起来就放不下，在脑海里不停地思考，一旦有所收获，就会兴高采烈。在写作中，我每想起一件有趣的故事或有意义的往事，以及精彩的语句、生动的情节，都会心情激动，尤其当心爱的作品被新闻单位采用，在电台播出或在报刊上发表时，更是欣喜若狂。人在心情愉快时，是感觉不到老之将至的。感受最深的是，我写作，我愉快，我健康。

写作是在品味生活的意义、生命的价值。从写作中，能找到生命的活力，找到实现自身价值的地方。实践证明，我的选择是对的。现在，我虽已步入耄耋之年，但身体尚好，用写作这种方式充实生活，享受休闲，深感有益而且有趣。我写作，我健康；我健康，我写作。两者互相促进，良性互动，其乐无穷。

写作何以能健身？常言说，人脑是个宝，常用出奇效。老了常用脑，祛病防衰老。生命在于大脑运动。许多专家学者也都说过，常用脑能防止脑细胞老化。脑子不能闲着，一闲下来就不灵了。他们还说，延缓衰老最重要的是延缓大脑功能的衰老，大脑功能不衰老，就会保持生命的活力。进行积极有益的脑力劳动，可以使脑血管经常处于舒展状态，使脑神经细胞得到良好的保养。我想，这些有益的告诫，来自实践，富有哲理，是有道理的。

品味人生

人生是一个过程,经历是人生教材,生活会教会你一切。人生最重要的是要学会面对,学会经营,学会适应。人生的意义在于奉献。

耐人寻味的"三句话"

"吃亏是福""难得糊涂""知足常乐"这三句话流传古今，家喻户晓。由于寓意深刻，富有哲理，有善意的劝导作用，自古以来被无数人所赏识。文人雅士赏识它，普通百姓也赏识它，把它视为劝导、安慰、警示及自我修养的座右铭、遏制欲望的启示录。无数作家、书法家、作曲家、剧作家为它写文章，书条幅，谱曲子，写剧本，诠释它的意义，赞美它蕴含的意义。

这三句话，确实有无穷的魅力，曾经在无数人身上产生过作用。

就拿"吃亏是福"来说吧，本来吃亏是受损失，是倒霉的事，为啥说它是福呢？有一段戏曲唱得好，"当干部就应该能吃亏，能吃亏自然就少是非。当干部就应该肯吃亏，肯吃亏自然就有权威。当干部就应该常吃亏，常吃亏才能有作为。当干部就应该多吃亏，多吃亏才能有人跟随……"这段戏词把肯吃亏的利害关系说得入情入理，令人信服。

其实，吃亏在一定意义上说，就是一个人的姿态、风度、气质、精神的体现，是一种处世态度，是一种人生智慧。吃亏与占便宜是相对立的，

吃亏说白了，就是受损失。有的人为顾全大局，为了他人，甘愿吃亏，做出自我牺牲，这是一种高尚的精神、做人的美德。因此，往往有人愿意与这样的人交往共事，他人缘好，人气就旺。而有贪心、爱占便宜的人，往往人们就对他抱有戒心。

吃亏是福，深含人生哲理，懂得吃亏、善于吃亏是人生的智慧。

再说"难得糊涂"。人不能事事精明，有时得"糊涂点"。人也不能事事都"糊涂"，有时得清楚点、清醒点。我觉得，应该是大事清楚，小事糊涂，该清楚时必须清楚，不能有半点糊涂，否则就会误大事；但是，对有些非原则的小事，不要计较，在细小问题上，不要纠缠，最好"装点糊涂"，以理智的"糊涂"解决可能发生的矛盾，避免产生不愉快的事。

生活中有许多人在遇到不顺心、不如意、想不通的问题时，往往控制不住自己的情绪，想糊涂糊涂不成，而是斤斤计较，使性子，发脾气，甚至做出不理智的事来。因此，学会"糊涂"非常重要，是聪明之举。

怎样才能做到该糊涂时就糊涂呢？一是每当遇到不顺心的事，想发脾气时，就提醒自己，不要发怒，坏脾气有害，以理智的态度控制自己的情绪。二是学会安慰自己，往愉快处想，想办法摆脱烦恼。三是学会忍让，或换个角度想问题，先把气压一压。四是转移视线，尽快离开不愉快的场合、环境。五是找知心朋友谈心、宣泄，求人帮助解脱。总之，只要你有想"糊涂"的心意，不想把小事闹大，有宽宏大度的胸怀，有很多"糊涂"的办法。

还有"知足常乐"。知足常乐，贵在知足，知足是一种满足感。如有的人说，"过去艰难度日，啥苦都吃过，现在好了，以前没吃过的东西吃了，没去过的地方去了，衣食住行都比过去好，我知足了"；有的老人说，"我现在坐车有优待证，看病有医保卡，每月有退休金，孩子有工作，衣食无忧，生活幸福，我满足了"。如此等等。许多人用回忆对比的办法，悟出知足的感觉，找到心灵的快乐。

知足并非意志消沉，不思进取。知足是在追求名利得失上的知足，是遏制欲望上的知足，而在学习上，钻研技术上，追求事业进步上，为国做贡献、为民谋利益上，是不能知足的。实际上，懂得知足的人，大多都知道自己的不足，在生活上、事业上会继续努力，去追求新的目标。

懂得知足，才能常乐，因为人的许多烦恼是由欲望太多不知足造成的，有了知足心就会看到眼前的美好，产生愉悦，幸福感就会油然而生，从而恬淡寡欲、淡泊名利，过平安、平静的生活。

平凡中的伟大

　　看了"英雄妈妈""最美女教师""最美战士""最美警察"的报道，还有其他一些见义勇为、舍己救人的报道，我深受感动，激起了无尽的思考。这些平时看起来很平常、很普通的人，为什么能做出这么伟大、惊人的事呢？为什么有那么多人受感动，获得那么多人的赞美颂扬呢？

　　我想，首先是他们的事迹突出，精神伟大。他们在关键时刻，在千钧一发之际，不畏艰险，挺身而出，英勇果敢地做出舍己救人的抉择，这就是伟大。

　　二是出于平凡，行为高洁。他们原本都是些普通人、平常的人、最基层的人。普通的工人、农民、战士、警察、教师、学生在平凡的岗位上劳动、工作、学习，但是，别人在危难关头或者遇到艰难险阻的时候，在别人有难需要帮助的时候，他们做出义无反顾、舍己为人的选择。这就是伟大。

　　三是行为坦然，感情朴实。从他们回答记者的问话中，就能感受到，他们是凭着朴素的爱心，真诚的善意，怀着助人、爱人、视救人为己任的心做善事的，在见义勇为时有舍我其谁的胸怀。在帮助别人排除危难或消除隐患后，不留姓名，悄然离去。当记者问他们"当时是怎么想的"时，许多救人英雄都回答"当时没想那么多，只想到救人要紧"。这是多么朴素、纯真、可敬、可爱的心灵啊！这不就是英雄伟大的气魄吗？

其实，英雄的伟大壮举，并非一时冲动，而是偶然中的必然。在考察英雄事迹中，我们会发现，英雄的形成如同茁壮成长的大树，有许多的因素，诸如自己的努力、环境的影响、学校的培育、家庭的熏陶、老师的教导、楷模的启迪，还有生活中的锤炼、对人生世事的感悟等，这些都是造就英雄的因素。可以说，英雄是育出来的、炼出来的、学出来的、悟出来的。在他们的成长过程中，有深厚的沃土，有潜移默化的教诲，才造就了他们朴实、善良、宽厚、果敢、大气、爱人的性格和品质。应该说，他们平时的表现从表面看和普通人一样，但是，在他们心里，却对国家利益、社会文明、公德意识看得很高，对别人看得很重。他们虽然身份平凡，但是有崇高的理想，坚定的信念，伟大的追求。他们虽然职位不高，但是有高度的责任意识。他们虽然生活平常，但是有忘我劳动、无私奉献的精神。

平凡是迈向伟大的平台。从平凡中产生的英雄，往往处世低调，不张扬，但是对做好事、善事、助人的事、公益的事，很热心。

从平凡中涌现出的英雄，大多心底平静，没有太大的悬念。遇到危难艰险时，有大无畏的精神；对需要担当的事，表现出执着、顽强，敢于豁出去，把危险留给自己，把希望让给别人。

从平凡中成长起来的英雄，也有追求卓越、憧憬美好的想法，但是，他们常常是靠自己的努力拼搏和埋头实干去实现的。

平凡孕育伟大，平凡造就英雄，平凡因善良而可爱，平凡因善良更伟大。英雄的壮举，会永远留在人们心中。

苦难也可贵

　　人的一生，岁月漫长，不可能一帆风顺，事事如意。实际上，许多人都经历过这样或那样的艰难曲折。深情地回味一下过去遭遇过的坎坷、磨难，想一想自己在痛苦的日子里是怎样走过来的，很有意义。这样做，对今后清醒生活、理智处事大有好处。在回味中会悟出许多人生哲理，领悟到一生中重要磨难的可贵。

　　遭受痛苦是人的不幸，会给人带来焦虑、烦恼，但是，磨难历练人生。在遭受苦难、忍受痛苦、经受煎熬的过程中，确实能锻炼人、磨炼人、考验人。苦难能锻炼人的意志、考验人的智慧。遭受苦难，有时能把人打倒、击垮。但是，有些人经过严峻的考验、痛苦的磨炼，反而更加坚强。经受住考验，在磨难中不消沉，不懈怠，不放弃努力，顽强拼搏，愈挫愈奋。

　　人在受苦时最可贵、最需要的是坚强和忍耐。坚强表现一个人的意志、决心、不屈不挠、顽强精神。这种精神是前进的动力，是胜利的希望。忍耐表现一个人的睿智、策略、胸怀、气度。人在矮檐下，岂能不低头？忍一时之辱，负一时之重，学会能屈能伸，学会控制自己的情绪，这是一个人成熟、聪明的表现。

对于"逆境"的作用，历史上许多有识之士都有过精辟的论述，诸如，"吃一堑，长一智"，"千磨万击还坚劲，任尔东西南北风"，"患难困苦是磨炼人格之最高学校"，"逆境是达到真理的一条通路"，"没有哪一个聪明人会否定痛苦与忧愁的锻炼价值"，"前车之覆，后车之鉴"，"前事不忘，后事之师"，"错误和挫折教训了我们，使我们比较地聪明起来了"。沧桑使人历练，苦难使人成熟。近年来还有人常说，人的一生要学会吃两样东西：一是吃亏，一是吃苦。这些深含哲理的苦乐观、人生观，使无数人从中获得战胜困难、走出困境的力量和勇气。

痛苦磨难往往是催人奋进的老师，是激励拼搏的动力。你看，许多遭遇挫折的人，经过顽强拼搏，硬是靠自己的努力改变了自己的命运，可以说，痛苦、磨难在一定意义上是宝贵的财富。

学会享受痛苦是一种人生智慧，是在身处逆境、面对挫折时，沉着冷静、理智处事的智慧。学会享受痛苦，最重要的是，一要客观地认识痛苦。一个人在人生旅途中，遇到这样那样一些磨难、痛苦是难免的，这种事在许多人身上都发生过，无须过度沮丧，重要的是要把握好自己，学会正确面对，沉着应对，缓解情绪，减轻压力。二要理智对待。在遭受挫折时，最宝贵的是坚强，是沉着，是忍耐。要坚定信心，总结经验，吸取教训，相信困难终究会被克服，曙光就在前头。三要开阔视野，拓展思路，积极进取，学习新知识、新技术、新本领，寻找新的机会，实现自身价值，使痛苦、磨难变成财富。

休闲品趣

笑对人生

人生是什么？人生就是人的生存与生活。人从来到世上，就开始面对生存、生活的现实，古今中外，芸芸众生，概莫能外。

如何生存、生活？大千世界，人群遍布，由于地域、环境、信仰、习俗等不同，生存、生活的方式千奇百怪，千姿百态，这是生活的现实。

人生百味，感受多多，生存、生活的滋味各种各样，有酸甜苦辣，有悲欢离合，有喜怒哀乐，有生老病死，有七情六欲，有坎坷磨难，这也是现实，也是规律。

人生是漫长的，岁月悠悠，长途跋涉，历经千辛万苦，经受千锤百炼。时间一分一秒、一天一天地过，困难时度日如年，快乐时时光匆匆。小时候希望快些长大，年老时希望时光过得慢点，这是许多人的感受。

人生是短暂的，来去匆匆。人生只有一次，只有今生，没有来世。人生是个单行道，没有返程车票，谁也无法再活一回，且每时每刻都在减少，不管你愿不愿意都是如此，一生就那么几十年，必须珍惜时光。

人生的价值在于奉献。生命诚可贵，有为价更高。

人生是一个过程，是一个经营的过程。

人生是一所大学校，生活会教会你一切。

人生最重要、最需要的是学会面对，学会经营，学会适应。

要学会面对时光，面对岁月，面对人生，面对生存，面对生活，面对苦恼，面对磨难，面对挫折，面对不公正对待，面对各种各样的感受。从来到世上，步入社会，就要有这样的思想准备，排除对磨难的恐惧。

一个人要经营自己，经营事业，经营婚姻，经营家庭，经营人际关系。经营好自己，是一生的使命，必须清醒地认识自己，恰当地把握自己，不断地审视自己、修正自己。经营好事业，是一生的追求，是自身价值的体现。经营好婚姻，是一生的幸福。经营好家庭，是自己担当的责任。经营好人际关系，是生存、生活及成长进步的需要。经营人生是一门学问，需要深谋远虑、运筹帷幄，需要宽宏大度。人生的诀窍，就是经营好自己的长处，发挥好自己的优势。

人的一生岁月漫长，有许多难以预料的事情。有时可能一路顺风，有时可能荆棘载途。因此必须学会适应，适应社会，适应环境，适应工作，适应生活，适应不同的风俗习惯，适应不同的性格爱好，适应各种各样的情况。适应不是随波逐流，而是要提高认识能力、辨别能力，择善而从。要在实践中不断学习，不断提高自己的应对能力。

人的一生还要学会乐观。乐观是一种胸怀、气度，不管遇到什么情况，都要拥有乐观的心态。生命中总会有快乐因素存在，即使大难临头，也要有追求积极向上的心态，向往未来，向往美好。人最大的资产是希望，最大的危险、最大的破产是失望。有乐观的心态，看问题视野开阔，举重若轻，人生才有希望。

人既是伟大的，也是渺小的。人的伟大在于有生存的能力、抗争的能力和无穷的智慧，在于有开拓进取、改革创新、创造发明、攻坚克难、顽强拼搏、不屈不挠的崇高精神。人的渺小表现在生命的局限性，受自然规律的制约，转瞬即逝，一生就那么一段有限的生存时间。

人生苦短，必须学会珍惜，珍惜时间，珍惜生命，珍惜机会。一万年太久，只争当下，在有限的时间里，把自己的主观努力发挥好，积极进取，开拓创新，实现人生的价值，活出人生的滋味。要充分认识人生的目的、人生的意义及生命的可贵。

人生的目的，是通过繁衍生息推动社会进步。人生的意义，最重要的不是占有财富多少，而是一生干了些什么，为国家、为社会、为人类做了些什么，贡献了什么。人生的价值，在于奉献，在于活着的时候为人民做了哪些有价值的事。

世态万象，五光十色，千变万化，时刻都在影响人们的视野、情感。面对世俗、陈腐，我们必须有洞彻、清醒的头脑，有用智慧去排解烦恼的能力。

笑谈是对困难的藐视，是对烦恼的解脱，是人生的恢宏大度、有能力的体现。笑对人生，艰难何惧！雄关迈步，勇往直前，有理想、有信念、有追求，才有希望。

人生有度方坦然

在日常生活中，表达度的词语很多，如程度、限度、深度、广度、高度、长度、温度、浓度、风度、气度等。

生活中很多事与把握度有关，如宣传政策、发动群众要注意广度、深度；科技创新要追求卓越，勇攀高度；人际交往要宽宏大度；言谈举止要有风度；人情世故要有气度。还有，对群众关心的热点、难点问题要高度重视；发展生产要向广度、深度进军；在项目招标中，要坚持公开、公平、公正，增加透明度；在开发建设中，要高度重视环境保护、治理污染。在履行职责中，要信守法律、法规、职责权限。在遇到与别人发生争执、产生矛盾时，要设身处地站在对方的立场上，或以旁观者的角度想一想、看一看是否有道理。生活好了，不要挥霍无度。日常生活注意劳逸结合，张弛有度。锻炼身体注意适度。可以说每项事情都有一定的度。

度，从一定意义上讲，是处事的原则、行为的尺度、是非的界限、道德的底线。心里有度，做事踏实，干什么事，怎么去干，达到什么目的，心里要有数。

懂得人生有度是一种清醒，犹如乘坐安全舒适的火车，心境平静，谈笑自如，坦然无惧。

学会把握度是一种人生智慧，是一个人成熟的表现。人的一生，历经沧桑，经受千锤百炼，目睹千变万化。在错综复杂的环境中，能够把握住时机，把握好分寸，学会宽容忍让，学会适可而止，学会自我控制，能够约束自己，这是自知之明，是难能可贵的，是一种境界。

人生贵有度，有度品自高。处事有度，世事洞明，彰显人的气度。信守做人的准则、做事的原则，能增加人的高度。严谨处事，历练人生，能增加人的厚度。实际上处事有度的人，大多站得高，看得远，心胸开阔，处事老练，对人情世故善于深情品味，处事待人豁达大度。

把握好度，对每个人都十分重要。在人生岁月里，每个人都会经历很多事，心里有度，看问题客观、超然，实事求是，办事不盲目，心中有数；把握时机，把握分寸，审时度势；淡泊名利，安于平凡，恬淡寡欲；追求堂堂正正做事，清清白白做人；一身正气无牵挂，两袖清风垂丹青。人生有这样的心态，自然就会心地坦然。

享受人生贵有度，人生有度方坦然。

学会忘记

一位哲人说得好，对于不愉快的往事、痛苦的往事，要学会忘记。痛苦的往事，是一种沉重的包袱，是一种心结，不能长期压在心里，要学会忘记，这是一种人生智慧。

细细想来，自有道理。在人生旅途中，许多人都有过意想不到、事出无奈的遭遇，比如，被人误解、误伤，蒙受不白之冤、遭遇不公正对待等。我就有过。在极左思潮"怀疑一切,打倒一切"那阵子，我也遭受过蒙冤受屈，被错误地批判、揪斗过，遭遇过精神创伤。

被人误伤，蒙冤受屈，遭受批判、揪斗，是谁都不愿意接受的。可有时候来得突然，始料不及，突然降临，无法回避。

被人误伤，遭受痛苦，肯定很伤脑筋。想不通，很苦恼，产生焦虑、怨恨、思想压力大。不仅自己，连亲朋好友都着急。

可在那种自己无能为力的情况下，面对来势凶猛一时无法扭转的痛苦，怎么办呢？只好面对现实，暂时忍耐，淡然处之。先冷静下来，稳定一下

情绪。当然，在内心里，在思想上，肯定不会放弃去做讨回公道的努力。

经过一段时间，真相大白了，是非清楚了，拨乱反正了。我想，最好的办法，就是把压在内心的痛苦忘掉，来个一忘了之，一笑了之，不再计较。

忘记痛苦，尤其是忘记蒙冤受屈、伤及皮肉的痛苦，是不容易的。主要在于被蒙冤受屈、被错误批判者，对往事的印象太深，往往怨气难平，难以消除，对遭受痛苦耿耿于怀。要解除痛苦，消除伤痕，忘掉恩怨，的确需要学习，需要解决好认识问题。解决对历史蒙冤的认识，必须用发展的观点、辩证的方法去看待，要向前看，要有世事洞明的气度、大智若愚的胸怀、沉稳处事的境界。

我想，忘记痛苦不是不做申辩的默认，也不是不分是非的自认倒霉。忘记是有前提的，前提就是弄清是非，拨乱反正，把强加于人的冤事纠正过来。忘记也是有原则的，原则就是实事求是，纠正错误。既然冤案已经昭雪，错误已经纠正，就没有必要再背那沉重的旧包袱。

忘记痛苦的目的，就是解除心理上的痛苦，丢掉身上的包袱，过平静、愉快的生活。

善忘是境界，健忘是病态。学会忘记是智慧，是聪明，是大智若愚，是坦然自若的智慧。学会忘记是理智，是开阔达观、沉稳处事的理智。学会忘记是清醒，是化解积怨的清醒。

有一句名言说得好，"若无闲事挂心头，便是人生好时节"。人的一生，岁月沧桑，谁都会遇到不顺心、不如意的事，坎坷难免。重要的是，要世事洞明，遇事看得开，学会化解矛盾，消愁解闷，追求快乐的生活。拥有快乐必须有理解、宽容、大度的胸怀。一个人不能长时间背思想包袱，不能让痛苦压在心里，要学会忘记。学会把握现在，面向未来，向往美好。学会享受轻松、愉快、和谐、健康的生活。与其哀叹愁中老，何不笑谈度百年呢？！

人生需要加减乘除

人的一生需要加减乘除，人的一生离不开加减乘除。加减乘除贯穿于人的一生，体现在细节之中。不论性别、年龄、职业、族群，每个人都需要它。这是因为，人的一生是一个生存发展的过程，发展中充满变数，变化中就有加减乘除。

人的一生，岁月漫长，谁都想进步，谁都想发展，想改变自己，提高自己的生存能力和生存质量。如何成长进步，怎样发展变化，主要在于自己如何奋斗拼搏、精心经营。这拼搏经营中，就有加减乘除。

其一是加法。生活中许多事需要加法，因为人们都拥有向往美好、追求进步的心理，不满足现状，都想改变自己，提升自己，使自己的生活条件、生活质量不断提高，生活得更好。事实上，生活中许多活动属于加法。譬如，有的发奋读书，刻苦学习，使自己增长了知识；有的学技术，搞科研，使自己提高了工作本领；有的勤奋工作，埋头苦干，品德好，有才华，在求取上进中得到重用；有的在做工、务农、经商、执教中，开拓进取，改革创新，使自己积累了经验，增长了才干，为社会做出了贡献；有的在与人相处交往中，和蔼友善，朴实真诚，赢得众多的人脉人气。还有一些人，心态乐观，爱好广泛，积极寻找乐趣，丰富休闲生活，使自己心理上得到许多满足。这些生动鲜活的人生，是加法的人生，是积极的人生。对事业的发展、对人生的成长进步都是积极的，有价值的，有意义的。

其二是减法。在漫长的人生岁月里，谁都会遇到一些徒有虚名的事，烦恼、累赘、无聊、无奈的事。这些多余的事，会给自己增添许多心理负担，干扰你的工作。有些事处理不好，就会影响自己进步。为了轻装前进，愉快地生活，必须洞察得失，及时果断地采取"减法"的态度，放弃它，丢掉它。舍得丢弃，丢掉烦恼，丢掉多余的东西，减去过重的负担，会使自己拥有更多的空间和精力，更好地生活。期望值不要过高，要适可而止。在生活或工作中，不要什么事都亲自过问，要有所为，有所不为。

放弃并不意味着失败，放弃是一种智慧、一种选择，是聪明之举。为了更好地前进，必须学会放弃，要舍得忍痛割爱，不要让多余的东西占据你的时间、空间和精力。这样会让你更有效地集中精力，轻松愉快地去做你需要做的事。

其三是乘法。谋求生存是人的本能，追求进步、向往美好是人的天性。每个人身上都有一定的智慧和潜能。为了最大限度地发挥好自己的优势，实现自身价值，在人生的每个发展阶段，都应重视开发、培养、挖掘自己的潜能和智慧。开发得好，它会像运算中的乘法一样，产生惊人的变化。比如，学会抓机遇，把握关键时刻，走好人生历程中最要紧的几步，学会最要紧的知识和技能，不断地拜能者为师，学习先进经验，善于与人相处，处理好人际关系等。这些方面的努力意义非常大，处理得好，它会产生意想不到的效果，往往一次努力抵得上几次、几十次的效果，一年的成果抵得上几年、几十年的奋斗，甚至终生受益。

其四是除法。用"除法"的态度看待人生，主要有两个用法：一是消除，就是以上所说的，去掉杂念，去掉包袱，放弃多余的东西。二是摆正自己与整体的关系。一个人不管与别人有什么不同，但就整体而言，仍然是家庭的一员、社会的一分子。要把自己作为一员看待，就是说，每个人对国家、对社会、对家庭都担负一定的义务和责任，要经常想到自己应尽的义务和责任，树立责任意识，增强责任观念，努力做出应有的贡献。

运用好加减乘除，对提高生存能力、生存质量、自身价值非常重要，因为加减乘除就在生活细节之中。比如：多一些文明礼貌，少一些不良习惯；多一些兴趣爱好，少一些无聊无趣；多一些理解，少一些埋怨；多一些知足淡泊，少一些攀比贪婪；多一些善解人意，少一些埋怨指责；多一些谦和忍让，少一些恶语相加；多一些交友，少一些孤独；多一些运动，少一些懒惰。这一多一少、一加一减蕴含着深刻的哲理，它带给人们的是思想观念的转变、精神境界的升华、工作上的进步、人际关系的融洽、生活品位的提高。

人都是有期望、有追求的，都是向往美好、追求进步的。但是，能不能实现自己的愿望，能达到什么程度，那要看自己的努力，当然客观条件是必不可少的，但主要还是靠自己的拼搏经营。欲望何其多，不能无止境；悠悠人生路，尽在经营中。

我欣赏低调处世

低调处世被人赞誉，受人尊重，其主要原因，就在于调门低，不张扬。一个人在生活中能够以平常的举止、平和的心态、平易的风格、平实的作风处事待人，的确难能可贵。

与性情浮躁、自负气盛的人相比，低调处世的人可能显得消沉、冷静、缺少张扬，但是，低调中蕴含着清醒、理智、谦虚、克制，彰显出成熟、老练、沉稳、大度。

据我观察，不少处世低调的人，十分警惕"名人"头衔带来的负面效应，时时处处检点自己。当有人追逐捧场、恭维他时，他会婉言谢绝，礼貌谦让，虚心检点，环顾不足；当事业有成，步入高层，地位显赫时，他会更加严格地要求自己，坚守节操，严守纪律，仍然不忘做人的准则，不为物喜，不为钱动；当功成名就，拥有物质或精神财富时，他会淡泊名利，清心寡欲，把财富视为身外之物，对名声敬而远之；当遭遇不测，身处逆境，遇到困难时，他会沉着冷静，坦然面对，执着顽强地去克服困难，开拓未来。

低调处世是一种气质、一种风度。低调处世绝对不是低眉顺眼，格调低俗。格调低俗的人，昏庸无能，胸无大志。而处世低调的人，则胸有成竹，大智若愚，视野开阔，富有远见，是有智慧、有能力的人。

许多沉稳老练、低调处世的老领导、老同事、老朋友、老同学是我学习的楷模。在与他们相处交往中，我感受到他们敏锐洞察的视角、沉着稳重的气度、坦荡旷达的胸襟、质朴检点的作风。这些都是我需要学习的，虽然学得还不到位，但是我一直在努力。

低调处世是一种修养、一种风范、一种境界、一种美德。追求美好、向往和谐是人的本性。在现实生活中，许多人喜欢低调处世，也效法低调处世。因为，这是从生活实践中得到的经验、悟出的道理。

低调处世是古人、前人、伟人从长期的生活实践中总结出来的宝贵经验，也是当前许多人在现实生活中悟出的人生哲理。只要你细心观察，深入了解，在你的周围，在你的生活圈子里，就会发现或找到值得自己学习的典范。

处世低调的人，在各地、各行各业、各个阶层中都有。在政界、商界、学界中有，在工人、农民、军人、学生中也有；在上层机关、高层领导中有，在基层群众、普通劳动者中也有。许多实事证明，许多功盖千秋的古人、前人，德高望重的伟人领袖或者学有所成的专家、学者，以及在经商、执教、做工、务农中取得成功的人，其中有不少人就是理智处事，恪守低调的典范。我想，随着事业的发展、社会的进步、文明程度的提高，社会会更加和谐，人际关系会更加融洽，人们对低调处世的意义、作用认识得会更加深刻，做得也会更好。

平凡的快乐

"平凡"在汉语词典里解释为"平常,不稀奇"。由此想到,平凡的人、普通的人、平民百姓,在芸芸众生的人群中是大多数,平凡是大多数人的生活状态,平凡人是人群的主体。

一个人,不管一生多么辉煌,都是从平凡、普通中成长起来的,到头来还要回到平凡、普通中去。

平凡的人也有理想、信念,也有向往、追求,但是平凡人不奢望、不好高骛远。平凡人也有苦恼、烦心事,但是能自我化解。

大千世界,普通人居多,平凡人居多,因为人生的底色是平凡,人群的主体是平凡。

不要轻视平凡,平凡中同样有伟大,平凡中同样有魅力,平凡中充满快乐。

平凡中的伟大,在于平凡的人在平常、平静、平实的生活中也有崇高的理想、坚定的信念,也有为国家、为社会无私奉献的精神,也有向往美好、追求进步的理念，也有助人为乐的高尚品德。比如，许多普通人在平凡的岗位上做出不平凡的事，有的在危急关头、千钧一发之际，舍己救人，助人为乐。改革开放以来，在我们国家出现的巨大变化，城市的高楼大厦，新农村建设，世界上最长的输气管道，最长的跨海大桥，具有世界一流水平的工程等，不都是普通的工人、农民、知识分子及其他平凡的劳动者创造出来的吗？

平凡的魅力在于以平凡为雅，以普通为乐，甘于平凡，善于自律，认真做事，低调做人。对虚伪的名利不动心、不计较，实实在在过普通人的生活、平民的生活。

就大多数人来说，一生中的大部分时间是在平凡中度过的。生活中五味杂陈，啥样的感受都会有，其中最能经受住考验的就是平凡。平凡的底色是普通，心里装着普通，生活才踏实。平凡的人以平常、平静、平和、平实为底线，不为物喜、不为钱动、不为色迷，淡泊名利，宠辱不惊，不低俗、不奢望、不卑不亢、不狂不躁，平平静静、实实在在走自己的路，过自己的平凡生活。

平凡中充满快乐，平凡的快乐是人的本性，是纯真的，只要你用心去体味。从平凡中能呼吸到清新的空气，从平凡中能睡个好觉，从粗茶淡饭中能体会到草根的香甜。如果你是从生活的高层来的，在步入平凡时，你会像走进清静的河边、美丽的田园那样，有种心旷神怡的感觉。如果你是从繁忙的工作岗位上退下来的，你会感受到好像又回到自己的老家，又找到家的温暖。如果你原本就是普通人，过惯了平凡、普通生活，会感受到平凡的无穷乐趣。

在平凡中生活，与普通人来往，接触的都是普通人，往来无拘束，有话当面说，畅所欲言，笑声不断，这样的生活还不快乐吗？

多一些赞美好

纵观古今，无数事实一再证明，不管道路如何曲折，历史总是向前发展，社会总是不断进步，人往高处走，心往好处想，这是主流。

在芸芸众生中，积极进取、追求进步的人是大多数。优胜劣汰、推陈出新是规律。

理清这样的思路，对树立正确的世界观、人生观，提高人的识别能力极为重要，有利于人们用发展的眼光、赏识的态度、赞美的方法去看待生活。看主流、看成绩、看优点、看长处、看亮点，这样有利于鼓舞士气，激励奋进，调动人的积极性。因此，生活中应该多一些赏识、多一些赞美。

学会赞美鼓励，是一种胸怀、气度，表明一个人心胸开阔，宽宏大度，有涵养，有境界，尊重人。善于赞美鼓励，表明一个人有魄力、有智慧。

懂得人的心理、会做思想工作的人，总是利用各种机会去发现人的亮点，哪怕是微小的进步也不放过，会及时地由衷地给予表扬、鼓励，促使其向好的方面发展。生活中有许多这样的事例。有的人做了一件助人为乐的好事，经别人一表扬、鼓励，他会更加努力，给点阳光就灿烂。这充分显示了赞美、鼓励的作用。

古往今来，无数事实证明，赏识教育、启迪激励是一种智慧、艺术，运用好不仅对工作、学习、思想觉悟有促进作用，也能加深人与人之间的感情，增加理解，增强互信，促进和谐，缩短距离，调节气氛，增加人与人之间的亲和力。

对好人好事进行赞美、鼓励，是一种文明礼貌举动。看到新发展、新变化、新事物、新成果，热情地给予赞美，既是对新生事物的热爱，也是对新成就的赞许、肯定。生活中有许多值得赞美的事。每个地方，每个单位，邻里间、夫妻间、父母与儿女间、同事间有许多好事、善事、文明的事值得赞美，比如勤奋工作、爱岗敬业、舍己救人、助人为乐、孝敬父母、尊老爱幼、邻里相助、互敬互爱等。凡是表现进步、优秀，体现真、善、美的，都是值得赞美的。

赞美的作用不言而喻。赞美是对别人优点、长处的肯定，是对别人的尊重，是给获得优异成绩、热心做好事善事的人送去的一束美丽的鲜花。人际间因有赞美而和谐，因和谐而美好。通过相互间的赞美、鼓励，互相促进，扶植正义，弘扬正气，使人们向往美好，追求进步，使社会更加文明和谐，做好事、善事的人会更多。

赞美是人的精神需求。人性中最本质的愿望就是希望得到别人的赏识。恰当的赞美、适时的鼓励，会给人带来心理上的愉悦，给生活带来和谐。在日常生活中，在与人相处中，看到别人的优点长处、工作中的成绩、生活中的变化、身边的好人好事，心里有美的感受，不要怜惜赞美，不要金口难开，应当把它说出来，用热情赞美的话表达自己的心声，既是对别人的鼓励，也是自我勉励。赠人玫瑰，手留余香。

赞美是一种学问。赞美中有许多知识需要学习。比如：要坚持实事求是，要审时度势，不能随口而来；要因人而异，注意被赞美者的身份、地位、职业、年龄、性格、爱好等；要恰到好处，用语贴切，自然、诚恳、实在，发自内心。不要故作姿态，装腔作势。不适当的赞美，往往会弄巧成拙，使人反感。

赞美鼓励与吹捧拍马有本质的区别。赞美是对一个人发展、进步、优点、长处给出实事求是的肯定，而吹捧拍马则是出于奉迎，刻意而为之，实不可取。

用哲理激励人生

在日常生活中，人们看了富有哲理的文章，听了充满哲理的谈话，受到启发、鼓舞、激励，觉得耳目一新，为之一振。哲理性语言，言简意赅，形象生动，有激励、鼓舞、警示作用。

哲理是一种思维方式，是对人的生存、生活和一切事物的看法。由于看问题深刻，表达凝练，高度概括，针对性强，比一般性的道理讲得深刻，所以给人的印象也深刻。

哲理是一种智慧。自古以来，许多先人、哲人、名人、伟人在演讲、谈话或写文章中都喜欢用哲理性语言来表达思想、教育人民、鼓舞士气、激励斗志。用言简意赅、形象生动、富有哲理的语言，宣传思想、表达意见、传递主张、抒发情感确实能加深印象，提高宣传、教育效果。

演讲、谈话、写文章的目的是向人们讲道理、做宣传，并提高人们的思想认识。演讲、谈话、写文章是一门学问，也有艺术性。如何讲得深刻，表达生动，能燃起思想火花，唤起人们的热情？除理论阐述外，善于用哲理性语言加以概括非常重要。巧妙地使用哲理性语言进行说服教育，对调动人的情感、打开人的心灵、开阔人的视野能起到画龙点睛的作用。

哲理性语言因哲理而洞彻。哲理是教育人、启迪人、激励人、警示人的利器。懂得哲理，并善于用哲理开阔人的思维、指导人的行动，是一种智慧。许多事实证明，把经常遇到的问题用哲理性语言概括成精辟的语句，不仅能增强说服力、感染力、吸引力，而且能提高演讲、谈话或文章的宣传效果。

运用哲理性语言开导人、启迪人、教育人、激励人，历史上曾有过许多至理名言，在现实生活中，也有许多范例。例如：

有的人在追求进步时，用"欲穷千里目，更上一层楼""无限风光在险峰"或"命运就掌握在自己手里，想改变自己主要靠自己努力"等来激励自己，从而增强勇气，产生动力。

有些从事科学研究，搞创造发明的人，常用"攻城不怕坚，攻书不怕难，科学有险阻，苦战能过关"或"世上无难事，只要肯登攀""有志者事竟成"这样的话来鼓励自己。

自古以来，人们常用"少壮不努力，老大徒伤悲""知识在于积累，天才在于勤奋""书山有路勤为径，学海无涯苦作舟"等来鼓励人发奋读书，成为有知识、有文化、有学问的人。

有些人在遭遇困难、身处逆境时，用"沧桑使人历练，磨难使人成熟""山重水复疑无路，柳暗花明又一村"等来激励自己，经受磨炼，执着追求，使自己终于走出困境，取得胜利。

有些人在人生旅途中出现失利、犯了错误时，用"错误和挫折是最好的老师""错误和挫折教训了我们，使我们比较地聪明起来了"等使自己正视现实，接受教训，重新振作起来。

有些人帮助婚姻失败、失恋的人，用"天涯处处有芳草，何愁来日无知音"和"与其失去时痛苦悔恨，不如拥有时用心珍惜"等劝导人，使其走出阴影，寻找新的机遇。

有些人在事业有成、手握重权时，用"权力是人民给的，职位是党给的，品德是永远的"来时时提醒自己，要时刻牢记党性，牢记人民的重托，"坚持成功时不忘形,失意时不变形",淡泊名利,恬淡寡欲。

其实,哲理性语言并非只有先人、哲人、伟人说过,许多普通人也说过。在我们熟悉的哲理性语言中,有许多就是普通人悟出来的。如"磨难是最好的老师,学好知识能改变命运""当干部不能怕吃亏,肯吃亏才能有作为;当干部就得能吃亏,能吃亏才能有权威""不论官当多大,到头来还是平民,平平常常才是真"等。

哲理是一种境界。哲理性语言充分体现聪明智慧,蕴含着巨大的精神力量,认真学习,善于运用,能使人睿智旷达,处事理性。

苦甜酸辣的可贵

　　苦、甜、酸、辣乃人生常事，许多人都经历过并感受过其中的滋味，我深感它们的可贵。在我一生中，有过许多苦、甜、酸、辣的经历。解放前，我有过衣不遮体、食不果腹的艰难度日经历。解放后，我经历过艰苦奋斗的锻炼。在人生历程中，有过突然疾病染身和亲人惨遭车祸的苦痛。在极左思潮时受过冲击，身处逆境，受到过不公正对待。因此，我对苦、甜、酸、辣印象深刻。

　　人的一生，谁都希望一路顺风，不断进步，过甜蜜幸福的生活。但是，由于种种原因，有时事与愿违，不能如愿，常常会遇到不顺心、不如意的事和伤心苦恼的事。

　　我想，人间万象，红尘百态，什么样的事都有，苦、甜、酸、辣是常有的滋味，古今中外，概莫能外。现在有，将来还会有；自己有，别人也有；穷人有，富裕的人也会有；普通人有，地位高的人也会有。

　　苦、甜、酸、辣是生活的真实写照，能加深一个人对沧桑世事的认识，

增强对人生历练的理解，能激励奋进，提高战胜困难的勇气。

由于受主观因素的限制和客观因素的制约，在人生历程中，许多人都有过遇到困难，遭受挫折，心想事不成的事。或者由于地域、族群、信仰、爱好、自然条件、生活习惯、思想观念、思维方法、年龄、性别、知识、技能等方面的不同，会产生许多差异、矛盾，造成认识上的不一致、生活上的不如意、心理上的不平衡，会产生攀比、嫉妒心理等。好多苦、甜、酸、辣就是由此产生的。

苦、甜、酸、辣，与生俱来。随着时间的推移、年龄的增长，在人生历程的不同时期不同阶段，人的工作、生活、处境、思想、情感、心绪也会不断发生变化，变化中就会有不同感受。岁月悠悠，旅途漫漫，岂能尽如人意。世上哪能无遗憾？人生岂能无挫折？生活中绝对不会事事如意，家家都有难念的经，人人都有不顺心的事。

既然如此，就应该客观地看待苦、甜、酸、辣，正确地认识它们，面对它们，接受它们，善待它们。

我想，生活中遇到苦、甜、酸、辣并非坏事，而是一种机遇，是经受锻炼与考验的机会。苦、甜、酸、辣有消极的一面，比如，在遭遇困难时，往往会影响人的情绪，造成意志消沉，情绪沮丧，或者与人攀比，产生心理不平衡等。但是，苦、甜、酸、辣也有积极的一面，苦、甜、酸、辣最可贵的是能锻炼人、考验人，历练人生，锻造不屈不挠精神，增强从低谷反弹的能力，使人更加成熟。

一生的苦、甜、酸、辣经历，给我带来许多安慰和启迪。我常想，人生是一个过程，社会是一所大学校，苦、甜、酸、辣是一部生动的教材，经受锻炼，体验艰辛，能使人感悟。苦、甜、酸、辣是一种财富，在愈挫愈奋、勤勉励志中，使自己变得更自信、更坚强。常言说，成功是奋斗得来的，胜利是用牺牲换来的，甜蜜是经过吃苦创造出来的。没有付出，哪儿来的收获？其实，人应该经常意识到，苦中有甜，甜中有苦，在一定条件下会互相转化，在正常情况下会有偶然的事发生，应该有危机意识，同时要善于看到光明的一面，学会坚强地生活。

容易被忽视的细节

生活中的细节表现在许多方面。重视细节，把握好细节，对每个人都十分重要。常言说，细节决定成败，细节决定命运。

然而，有些人轻视细节，忽视细节，行为粗俗，积俗成弊。比如：

有些人在火车站、汽车站、会场里、餐厅里这些人潮涌动的场合，高谈阔论，旁若无人，大声喧哗，打手机，放音响等，释放出噪声，干扰别人的生活，影响他人的情绪，这都是不文明的行为。

有的人在公共场合走动，不慎撞到别人，不会说"对不起"等致歉话。有的因为互相碰撞，互不原谅，且出言不逊，恶语相加，进而引起争吵。

有的人在酒席饭桌上，在朋友相聚时，随意谈论别人的隐私，把别人的隐私当笑料，任意发挥，肆意戏说，实属行为不雅。

有的人在孩子面前说脏话、俗话，教唆、挑逗孩子骂人，比如说，"你喊我爸爸，我给你糖吃"，"你喊他舅舅，骂他坏蛋"。还有的在孩子面前说别人的短处等。这种不良行为，给幼小的心灵造成很坏的影响。

有的人作风粗俗，随意乱扔果皮、烟头、纸屑，随地吐痰，不遵守交通规则等。

还有的人与别人谈话时，随意插话，打断别人说话，表现出一种急躁情绪。有的人在听工作汇报时，注视别处，心不在焉等。

忽视细节的原因很多，主要有以下几个方面：一是对细节认识不足，因为细小而不为。二是长期形成的不良习惯，习以为常。三是图个人方便，占小便宜，缺乏大局意识、整体观念，不考虑别人的感受。四是思想素质不高，文明意识不强，法制观念淡漠。

应该认识到，细节并非微不足道，细节是连接大事的环节，是成就大事的重要因素。从上述不文明的行为中可以看到，有许多都是生活中的细节，但积少成多，形成习惯，就成为危害生活的大事了。许多事实证明，忽视细节，不拘小节，往往影响大局，贻误时机，小者影响文明形象，大者祸及生命。

成大事者，不拘小节。但重视细节，讲究文明，是一种思想境界。讲文明，知荣耻，是崇高的道德风尚。文明之风，社会和谐，是在点滴细节中形成的，是在每个人的行动中形成的，是从每件小事做起的。

中国是文明古国，现在的中国是改革发展的新时代，已经步入盛世年华，正在向伟大复兴迈进。国家富强了，经济发展了，生活富裕了，精神文明必须加强，思想观念、行为举止不能滞后，应该紧跟时代，积极投入创建文明的活动中去。创建精神文明，是时代的要求；改变不文明的习惯，势在必行。最重要的是，不要忽视细节，要从细节做起。

童话可爱

童年天真，童心可爱，童话有趣，我喜欢听儿童说话。听儿童说话，如同走进童话世界，聆听"儿童王国"天使讲话，真是一种纯真、美妙的享受。

儿童天真活泼，无忧无虑，行动乖巧。儿童最初说话，多是大人教的，或模仿大人学着说。往往说得很机械、不准确、不完整，或似是而非。也正是这样，童话才显得新鲜、惊奇、可爱。

儿童说话稚嫩、柔和，语言甜美，往往一句悦耳的爸爸、妈妈、爷爷、奶奶，能把人的心喊醉。

儿童有好奇心，说话富有想象力，有时能把老人的注意力引向深远。

儿童说话有趣味感，听起来像讲故事一样，节奏缓慢，表述细微，伴有手势，生动有趣。

儿童说话有音乐感，听起来像唱歌、朗诵诗歌一样，表情专注可爱。

儿童说话有警示性，当他（她）要求做什么，或不愿做什么时，往往

有点任性，甚至以撒娇企求。

儿童说话有震撼力，往往最初学会喊爸爸、妈妈、爷爷、奶奶时能把老人们高兴得笑出眼泪。孩子们海阔天空的问话，能把老人们逗乐。比如，有的儿童有好奇心，常常问这是为什么，那是为什么，还会问："我为啥没胡子呀？""天上为啥有那么多星星？""长颈鹿的脖子为啥那么长？"

儿童也有梦想。如有的说：我长大后要开飞机、开火车、开汽车，我要当医生、当科学家、当发明家等。

儿童爱说真话、实话、心里话。如有的留守儿童，在电话中哭着对外出打工的爸爸、妈妈说"我很想您，快点回来吧"。

有的儿童看到爸爸、妈妈或爷爷、奶奶身体不适时，会亲切地问候爸爸、妈妈或爷爷、奶奶，"哪里不舒服？我给您治治"，或"我给您揉揉、捶捶"。这让老人们非常高兴，病也减轻大半。

有的儿童看到一些人的不文明行为，会马上发话："不许说脏话！""随地吐痰不文明。"

有的孩子反对爸爸抽烟、喝酒，把在学校学的运用到家里，成为家庭中的文明使者。

儿童是父母生命的延续，是父母的希望，是全家人的精神寄托。从呱呱坠地到入学读书，乃至步入征程，成家立业，每一步都牵动着老人的心，每一个细小的进步都使老人感到惊喜，受到鼓舞。在漫长的成长过程中，老人为孩子付出了许多艰辛，但是苦在身上，乐在心里。父母热切盼望孩子健康成长，快些长大，更希望将来超过自己。

培养孩子是一项伟大工程，尤其对孩子的启蒙教育非常重要。早期教育是基础，往往影响人的一生，对塑造幼小心灵有着重要作用。重视儿童教育是关系国家未来的大事，是一项功在当代、利在千秋的伟业。

老人是个"宝"

人们常用老党员、老干部是党和国家的宝贵财富来形容老党员、老干部的重要作用，表达对老党员、老干部的敬重。在群众中也有"老人是个宝，家家离不了"的说法。这些话质朴无华，富有哲理。

老年人历经沧桑，阅历丰富，为国家、为社会、为家庭付出过艰辛，做出过贡献。老年人在人生历程中积累了许多宝贵的知识、经验，为历史的发展、社会的进步发挥了应有的作用。一代又一代的老人，都为推动社会的进步付出过努力，甚至献出一切。

人老是自然规律，是历史的必然。老人的实践经验和长期积累的知识，是非常可贵的，是值得珍惜和学习的。

老人们有可贵的生活经历。岁月历练人生，沧桑丰富阅历。正是由于老人们有丰富的生活经历，经历过喜怒哀乐、酸甜苦辣的滋味，才积累了生活经验，并且具有解决困难的能力。在遭遇不测、突发事变时，老人们能够处变不惊，表现沉稳、冷静、坦然。

老人是过来人，对某些历史有鲜活的记忆。在人生旅途中，有些老人或耳闻目睹，或亲自参与，经历过许多历史事件，对某些历史过程或具体事件有深刻的记忆，所以，有的老人被戏称为"活字典""活地图"。

有的老人一生勤奋，刻苦学习，善于动脑，学有所长，积累了很多有用的知识，有的成为专家学者，有的是生产劳动中的行家里手，生活中的"百事通"。他们是国家、社会、家庭中的骨干力量、有用人才，理应受到群众拥戴。

有些老人，勤奋务实，善于思考，勇于实践，在自己从事的工作中，不断取得可喜的成绩，创造出成功的经验，成为大家学习的榜样，深受人们的称赞。

人的一生，不可能不犯错误，出现这样那样一些差错是难免的，重要的是要认识错误，吸取教训，把它当成一面镜子，时时提醒自己，不再重复过去的错误，这就是聪明。有的老人有失败的教训。用自己的教训能让人引以为戒，少走弯路。

老人有吃苦耐劳、克服困难的精神。沧桑使人历练，磨难使人坚强。许多老人在往日的坎坷、磨难中，学会了坚持、忍耐，学会了艰苦奋斗、勤俭持家，形成一种吃苦耐劳的精神，这是很可贵的，用实际行动传承了中华民族的美德。

老年人对新旧生活有鉴别能力。年逾"花甲""古稀"的老人，大都经历过解放前的艰难度日，解放后的艰苦奋斗，在社会主义建设时期，经历过一系列运动，直到改革开放以来的大发展、大变化，他们对各个时期的不同感受都经历过，且印象深刻。所以，他们对今天的巨大变化和幸福生活，表现出由衷的喜悦。

老年人是一个特殊群体，聚集着各种各样的人才。他们的经验、知识才华、精神财富仍然在发挥着作用。重视他们的作用，有重要的现实意义和深远的历史意义。积极地挖掘、开发老人们的宝贵经验，利用好他们的丰富经验创造出更加和谐的社会是一种睿智。欣赏他们的劳动成果，尊重他们的社会地位，是一种美德。大力倡导尊老、爱老、敬老的传统美德，会给好的社会风气的形成带来巨大的正能量。

人生大舞台

人们喜欢用比拟的方法，对世间万象与戏剧舞台上的故事进行比喻，戏称人生大舞台。其实，戏剧舞台上表演的许多故事，都是真实的历史，人间生活的写照。舞台上的生、旦、净、末、丑，就是对世间人物内心世界、行为举止的描绘与刻画。

在人生大舞台上，每个人都是演员。人的一生要扮演各种角色。在求学上进时，在初出茅庐时，在求职就业时，在事业有成时，或在遭遇困惑、坎坷磨难时等，会因处境不同、感受不同、心情不同而产生不同的状态，会扮演各种不同的角色。

人的一生肯定有许多经历。有顺境，也会有逆境；有成功，也会有失利。人最需要的是要学会面对，学会适应，学会经营。人最可贵的是学会经营，经营自己，经营事业，经营家庭，经营婚姻。经营事业是一生的使命，体现自身价值。经营家庭是一生的担当。经营婚姻关系是一生的幸福。学会经营，不仅体现奋斗精神，而且影响自己的命运。经营中最要紧的是把握

好自己，不管遇到什么样的情况，都要守住做人的本色。

随着年龄的增长、阅历的丰富，人们对人生大舞台的认识会越来越深刻。在我心目中，人生大舞台流光溢彩、千姿百态，极具魅力，无比美妙。特别是看到我们国家改革开放以来发生的巨大变化，各项事业取得的伟大成就，以及自己身上的变化，就更加热爱我们这个美丽的国家。

人生大舞台，既丰富多彩，又纷繁庞杂。有辉煌胜利，也有挫折失利。有成功进步，也有美中不足。有欢声笑语，也有悲欢离合。有真、善、美，也有假、恶、丑。我们必须清醒地认识，客观地看待，积极地面对。

在大千世界里，人与其他动物最大的不同是，人有思想，有情感，有识别能力、生存能力、抗争能力，能认识世界，改造世界。人生是一个过程，人生的精彩，在于从不知到知，从知之甚少到知之甚多。人生是一个体验生活的过程，在体验中学会正视现实，面对现实，接受现实。人生是一个经营的过程，经营中有奋力拼搏，执着追求，要不断提升自己，完善自我，要学会权衡，理性选择，找准位置，扮演好自己的角色。

在人生旅途中，成功与失利并存，胜利与困难同在，谁都会有不如意的事，只要善于坚持，不放弃努力，任何困难都能被克服，要有战胜困难的信心与勇气。同时，还应认识到，在芸芸众生中，由于地域、族群、信仰、爱好、性别、年龄、文化素养、知识技能等诸多因素的不同，人与人之间存在许多差别，不可能同在一个水平线上，无须攀比，没必要哀叹过去，忧虑未来，过去的已成历史，对未来应充满期待，相信未来一定会更加美好。但愿每个人都能扮演好自己的角色。

挫折也有积极的一面

在芸芸众生中,许多人都经历过坎坷、磨难,历经艰险,吃尽了苦头。坎坷、磨难使人饱受痛苦,挫折、逆境给人带来苦恼。

对于不愉快的经历、受过的痛苦,不同人会有不同的感受。有的人印象深刻,一提起来就满腹伤痛,苦不堪言,恨气难消。有的人可能时过境迁,早已淡忘。

对坎坷、磨难的认识,从来就有不同的看法。有的把坎坷、磨难、挫折视为阻碍前进的拦路石。有的则认为拦路石是前进的台阶,可以踏上去走过去。有的则视逆境为财富。这其中蕴含着丰富的哲理。

其实,坦途与挫折,顺利与坎坷,成功与磨难,从来都是一个问题的两个方面,有消极的一面,也有积极的一面。没有坎坷、磨难,哪儿来的成功、喜悦?没有挫折、教训,哪儿来的经验、体会?

人的一生,不可能一帆风顺、事事如意,遇到这样那样一些坎坷、磨难、挫折、教训是难免的。谁都会有,现在有,将来亦如此。产生坎坷、磨难、

挫折的原因很多：有天灾，也有人祸；有主观原因造成的，也有客观因素引起的。有时突如其来，祸从天降，事出无奈；有时事出有因，形成于必然。

人的主观能力与客观事物总是有差距的。有差距就会有认识不到位、判断失误、行为失当等情况的发生。

我觉得，对坎坷、磨难、挫折，应该用唯物的观点、辩证的方法来看待。看清了，才会洞明，才能想得开、看得开，才能悟出应对的办法。我们既要看到坎坷、磨难、挫折消极的一面，也要看到它积极的一面。在苦难中，最可贵的是经受锻炼，磨炼韧性，提高认识能力、辨别能力、适应能力，增强人的生存智慧，磨炼出顽强拼博、不屈不挠、执着追求的精神。

古往今来，有无数个从苦难中走过来的人总结出许多宝贵的经验。有的人历经艰辛不退缩，有的人千锤百炼更坚强、历经沧桑更成熟。凡是有成就、有作为的，成就一番事业的，哪一个没经历过艰难困苦、挫折磨难？可以说，每个人的成功、伟大、辉煌都是磨炼出来的。

实际上，苦难、挫折、逆境是人生旅途中的台阶，是成长进步的过程，是生活中的重要元素，应正确地认识它的存在。在人生旅途中，要有克服困难的思想准备并学几手应对困难的办法。只有坦然面对困难、挫折，迎难而上，才能经受住各种磨难的考验。

领略愉快

追求快乐,是人的天性。何必愁眉苦脸,与其哀叹愁中老,何不笑谈度百年?人最需要的是快乐,快乐中最重要的是自得其乐,乐观的生活是人生的智慧。

寻找快乐

　　快乐是生命的亮点，快乐是幸福的源泉，追求快乐是人类的天性。谁都喜欢快乐，谁都需要快乐。尤其在改革发展的今天，经济发展了，生活富裕了，收入增加了，物质条件改变了，人们对精神生活的需求也提高了。许多人富而思乐，追求精神需求，寻找新的乐趣，向往快乐的生活。

　　快乐是生活的元素，是滋养心灵的营养素，它能使人心情舒畅，精神振奋，能给生活增添情趣，给工作增添动力，使学习增强信心，给家庭增添幸福，给社会增加和谐，给爱情增加甜蜜。快乐使人健康，快乐使人长寿。在日常生活中，过于严肃、刻板、孤僻、冷漠不利于人际关系，也不利于身心健康。很明显，追求快乐是为了提高生活质量，提高幸福指数，使生活过得积极、愉快，有价值，有意义。

　　快乐在哪里？快乐不一定是吃、喝，也不一定是金钱、名利。快乐是一种心情，是一种心理感受。实际上快乐就在我们身边，就在苦、甜、酸、辣的生活里，就在对待生活的态度中。对生活充满信心，对未来充满期待，心态乐观、积极向上、胸怀开阔、淡泊名利的人快乐就多。快乐就在生活习惯中，乐于吃苦，任劳任怨，与人为善，助人为乐，喜欢与人交往，乐意参加集体活动的人快乐就多。快乐就在人的性格里，脾气好、度量大、能容人、热心肠，心胸坦荡，热情好客，爱说爱笑的人快乐就多。快乐就在思想观念里，积极进取，向往美好，追求新潮、时尚，接受新事物快，看问题客观的人快乐就多。

在现实生活中，许多人都认识到快乐的重要，懂得快乐的意义，学会快乐地生活，主动地走入快乐中去，善于用智慧寻找快乐，把快乐当作生活中的营养素、润滑剂，巧妙地融入生活中去。也有的用幽默的形式、调侃的方法来化解尴尬、消除矛盾，使日常生活过得轻松愉快，的确让人羡慕，值得大家学习。

怎样才能拥有快乐呢？快乐是一种心情，一种境界，一种生活态度。快乐不是等来的，快乐是主动寻找、积极培养、创造出来的。生活是一门学问，快乐是一种生活艺术。只要你有快乐的思想、乐观的态度，就不难发现，快乐无处不在，无时不有。在广大人群中，到处都有快乐；在日常生活中，有无穷的乐趣。比如，读书乐、健身乐、跳舞乐、旅游乐、演唱乐、养鸟乐、种花乐、钓鱼乐、交友乐、写作乐、书法乐，还有的喜欢听音乐、戏曲等。心胸开阔、乐观豁达的人，即使在遭遇不幸、遇到困难时，也能找到快乐，或奋力拼搏，去追求快乐。

快乐是一种胸怀、气度，是一种为人处世的态度。学会快乐是智慧，拥有快乐是幸福。但是，由于快乐的方法多种多样，在追求快乐中必须把握好度，应当坚持积极、健康、雅趣、向上的快乐。不能为所欲为，不能低俗无聊，不能放纵不羁，不能挥霍无度，切忌乐极生悲。

人生"三乐"

　　人到老年，最可贵的是什么？是健康的身体和乐观的心态。怎样才能成为健康的老人？最重要的是要调整好心态，学会快乐地生活，把健康长寿当成事业来做，当成学问来研究。

　　颐养天年，享受人生，最好的办法是学会"三乐"，即知足常乐、助人为乐、自得其乐。

　　一是知足常乐。知足常乐，贵在知足，知足是一种满足感。在现实生活中，不少人用回忆对比的方法，将目前的处境与过去的艰难比较一下，往往会悟出知足常乐。看看现在的社会，城乡面貌变新了，周围环境变美了，自己的收入变多了，衣食住行变好了。再想想过去经历的艰辛、付出的努力，看看现在自身的变化、享受到的成果，一件件看得见、摸得着的事实，就在眼前，就在自己身上。有知足感，就会充满幸福的滋味。

　　只有懂得知足才会常乐，因为人的许多烦恼是由欲望太多、不知足造成的。人最怕的是不知足，嫉妒别人，与人攀比，拿别人的标准折磨自己。

有了知足心，会产生愉悦，看到眼前的发展、变化，会感到很幸福，从而悟出安于平凡、恬淡寡欲的生活。有知足常乐的心境，过恬淡寡欲的生活，从平淡中享受安宁，享受快乐的生活，这是生活的智慧。

知足常乐，坦荡大度，也是健康长寿的重要条件。因为懂得知足的人，往往处世坦然，对名利、得失淡然，对粗茶淡饭欣然，对坎坷、困惑悟然，生活充满乐趣，心态积极向上，从乐观中能获得健康因素。因此，知足常乐者大多身体无恙。

知足常乐并非意志消沉，不求进取。知足是清醒，是自知之明。知足是不追求名利，不患得失，不为名利所累，宠辱不惊，安之若素，耐住寂寞。在追求的目标达到一定程度时，心理上产生满足。实际上，懂得知足的人大多知道自己的不足，会继续努力，坚持不懈，自勉自律，去追求新的目标。

二是助人为乐。助人为乐，贵在助人，以助人为乐趣，把别人的困难当成自己的困难，热心相助，施以爱心。用善心、善举帮助人，给人送去温暖，送去力量，自己也获得心理上的满足、心灵上的快乐。这助人之举对别人是鼓舞，对自己是洗礼。予人玫瑰，手留余香。

助人为乐是一种境界，只要你有善良的心地、助人的意念，随时都能找到施惠的地方，找到需要帮助的人。有时候，看似简单的相助可能是举手之劳的事，而对有困难的人来说却是一次机会，甚至是改变命运的大事，让人感激一辈子。

助人为乐是一种美德，是从生活实践中悟出的哲理。乐善好施，心地善良，与人为善，彰显出高尚的品德。常常在关爱别人、帮人解困中，能受到别人的尊敬和支持，同时带来人脉人气，营造和谐气氛，结出文明成果。

三是自得其乐。生命可贵，时光难再，人的一生，应该快乐地生活，应该学会自得其乐，自享乐趣。珍惜过去，憧憬未来，把握现在，让人生充满积极、乐观，过得更有意义。

谁都知道，日常生活中谁都会有不顺心、不如意的事，谁都会有烦恼、困惑。常言说"愁一愁，白了头"，"笑一笑，十年少"，与其哀叹愁中老，何不笑谈度人生！生命中有许多快乐的因素，生活中有很多逗人的趣事，只要你用心，随时都能找到乐趣。要积极地寻找快乐，享受快乐。遇到不顺心时切不可郁郁寡欢、闷闷不乐，过封闭孤独的生活。应该走出去，走向社会，走入人群，到充满乐趣、欢声笑语的场合中，与人同乐，享受人生。学几手排解寂寞、化解矛盾、消愁解闷的技巧，找回自信，享受快乐。每个人都是如此，只有今生，没有来世，要学会享受乐趣，自得其乐，让生命不虚此行。快乐是幸福的源泉，寻找快乐，培养快乐，就是创造幸福。

我常想"一二"

常言说，人生不如意的事常有八九。这说明，不如意的事很多，但是，还有"一二"是如意的事。如意的事就是愉快的事、幸福的事、甜蜜的事、欣慰的事。

我喜欢常想"一二"，是因为"一二"的事给我带来许多安慰与鼓励。每当我深情地回忆曾经有过的愉快的事、欣慰的事时，都会心情激动，精神振奋，欢欣鼓舞，产生幸福感，从内心深处产生自豪感。我会更加珍惜今天，感念曾经走过的路、做过的事。

我常想，像我这样从旧社会过来的人，假如不是遇到大解放的洪流，勇敢地迈出家门，参加革命工作，我的命运还不知是什么样呢。正是走对了路，抓住机遇，才改变了自己的命运，这样的事我能不高兴吗？还有，参加工作后，在许多老领导、老同志的亲切关怀下，在党组织的培养教育下，我提高了思想觉悟，政治上不断进步，很快加入党组织，政治上有了远大的理想、坚定的信念、明确的奋斗目标，我的人生追求发生了质的变化。

我永远不会忘记，这是我一生中最有意义的事。还有，在漫长的岁月征程中，党组织给我提供了许多学习锻炼的机会，委以重任，关怀备至，才成就了我一生的事业。

在人生旅途中，我还得到过许多亲朋好友的关心、帮助和支持，克服了一个又一个困难，虽然遇到过坎坷，但最终迎来了幸福生活。我从一个农村穷孩子成长为国家干部，由孤身一人到四世同堂，享受到党和国家的优待照顾。我赶上了好时代，看到国家的巨大变化。欣慰的往事时刻都在激励着我，催我奋进。我觉得想欣慰的往事，能愉悦身心，振奋精神，能感受到幸福的滋味。正是我常想这些如意的事、高兴的事，才使我心情愉快，心态乐观，让我有一个好身体。

当然，人的一生不可能事事如意，谁都会有坎坷磨难，有不顺心、不如意的事。没有苦难哪来的甜蜜，没有付出哪有收获。如何看待人的一生，考验一个人的价值观。我觉得，对过去曾经有过的痛苦遭遇、不幸磨难，我们不能忘记，但不可常想。忘记过去意味着背叛，但是，想多了会伤心、伤神、伤身体。况且已经过去，再大的磨难都成往事，不能沉浸在往日的痛苦之中。要摆脱苦恼，面对现实，享受今天的幸福生活。与其哀叹愁中老，不如谈笑度百年！

追求新奇

我喜欢追求新奇。所谓新奇,就是新鲜、特别、奇妙。看了新鲜的事物、特别的东西、奇妙的艺术、崭新的变化、美丽的风光,我会觉得耳目一新,精神振奋。

追求新奇是一种心态,是一种心理满足。我说的新奇,是指具有积极向上、健康有益、愉快进步的事;消极、颓废、荒诞等有害的东西不是我的那种新奇。

一位哲人说得好,"成功的关键在于有一颗好奇的心"。有好奇心的人富有想象力,看到新奇的事物会产生联想,举一反三,想出许多新点子、好办法。想象力的伟大,就在于使不可能的事变为现实。

新奇的东西在现实生活中很多。不同人有不同的追求,比如,有的喜欢听新闻,看新鲜的事、稀奇的事;有的人喜欢欣赏美丽的景观,游览异地风情,观赏美妙的艺术作品;有的人喜欢参观新工程、新建筑。

童年时期,儿童的好奇心表现在好学、好问、好动上,常常向父母、老师问：这是什么？那是为什么？问，说明他正在动脑筋，想问题。青年时期，追求好奇表现在求学上进、攻坚克难、敢为人先、开拓进取上。老年人的好奇心表现在退而不休、继续关心国家大事、听新闻、看国家的新变化上。老人有好奇心，表明心态年轻，精力充沛。

追求新奇有益身心健康。民间有一句俗话叫"人看稀罕事，必定寿命长"。现代医学研究认为，人看到新奇的东西时，大脑受到新奇事物的刺激会产生兴奋，使脑细胞产生一种有利健康的物质，能使身体增强免疫力。

追求新奇确实有许多好处。在欣赏多姿多彩、五光十色、千奇百怪的新鲜事物过程中，可以开阔视野，拓宽思路，增长见识，调节心理，缓解情绪，满足心理向往，领略心境愉悦，充实精神需求。

追求新奇也需要把握度。要清醒地看待新奇，理性地把握追求。应该用积极的态度去追，用乐观的心情去找，用发展的眼光去看。多一些赞美，少一些指责。只要看后心情愉快，有所感悟，就是收获。

追求新奇，最忌讳的是用老眼光看新事物，不以为然，漠然视之；用旧观念评判是非，无端否定。

追求新奇与猎奇不同。追求新奇是一种心理向往，是为了满足精神需求，提升精神境界，而猎奇纯属刻意搜异。两者的出发点和目的是不同的，结果肯定不一样。

休闲品趣

我把"丢丑"当趣谈

在日常生活中,说错话、办错事、写错字、读错字的事司空见惯。有时候,发生丢人现眼的事,弄得很尴尬,真可谓"丢丑"。我就有过这种事。

那是我刚参加工作时,有一天下乡到某村去工作,走到半路上不知道走哪条路了,我随即向在地里干活的一位农民喊道:"哎!到××村走哪条路啊?"他没理我,我又喊了一遍,他还是不理我。停了一会儿,他生气地质问我,你哎啥呀哎,你哎谁呀哎。由此与他发生争执,引起一些人围观,弄得我很没面子,很尴尬。后经别人劝解,给我指了路,我走了。这件事让我很长时间心里不舒服,觉得很丢人,没面子。事后我想,实际上是我不对,我说话不文明,不礼貌,我没有热情地称呼他,从年龄来说,当时我应该称呼他大叔、大爷或者老乡、老先生之类的,可当时我没这样做。

还有一件事,是在学习文件时我把字读错了,当被人指正时,我觉得很尴尬,脸都红了。

对于这类"丢丑"事,我有个认识过程。在发生的当时,神情紧张,心情不好受，思想上有压力。后来，我经过认真思考认为，应该实事求是，直面现实，自我解围，摆脱窘境，消除烦恼，岂不快哉！何必那么紧张，不就是不懂不会，不认识它吗？应该换个方式看待它，把它当成发生在自己身上的一件趣事，当成一个笑话，当成历史给自己开了一个玩笑，吸取教训，改正就是。来一个一笑了之，心态不就轻松了。

有时与人聊天时，我把这类事当成发生在自己身上的笑话，与人笑谈，聊以自嘲，往往引起一阵笑声。

我想，许多人都会有这样的体会，对若干年前发生在自己身上的某些事，当时认为百分之百的正确，后来才知道它是错误的，且相当可笑，以至现在想起来仍觉得可笑。人生多少事，尽在笑谈中。生活中应该学会放松心态，坦荡生活，偶有说错话或办错事时，那就实事求是，正确面对，坦然处之。这类事在所难免，只要去掉虚荣心，抱着虚心求教、拜能者为师的态度，是不难处理的。

由此我想到，发生这样的事肯定有一些原因，仔细分析不外乎以下情况：一是缺乏知识，没有经验；二是自己原本对某些事就不懂、不会，或不认识这个字；三是跟着别人学错了，说错了；四是对某些事一知半解，似是而非。可能还有一些原因。

人的社会知识、文化知识、认识能力都是有局限性的，不可能什么都懂都会，再聪明的人也有不懂的事、不认识的字、不会办的事。

人贵有自知之明，应该有求教于人、求助于人的心态。遇事想开点，对于自己不懂不会的事，事前不清楚，事后弄明白，也是进步，也是聪明。差错既已发生，经别人指正，你认识了，弄明白了，你就拜他为师，拜他为一事之师、一字之师、一技之师，岂不美哉！

欣赏伟人风范

学习老领导、老前辈的革命精神、处世风范，是我一生的追求。

在我党历史上，许多老领导、老前辈不仅具有雄才大略、渊博知识、超人智慧，而且具有乐观豁达、风趣幽默的风格。他们机智处事、即兴发挥、临场应对、幽默风趣的故事，长期在广大群众中传颂。这里我选辑几例，与人共赏。

毛泽东的幽默。毛主席的节俭出乎人们的想象。在延安时期，他擦脸擦脚只用一条毛巾，卫士长李银桥劝他添一条毛巾分开使用，他说："不要分了，现在整天行军打仗，脚比脸辛苦，分开就不平等了，脚会有意见的。"

1960年5月，毛主席和周总理等人在长沙视察工作之余，毛主席邀周总理到江边散步，但见橘子洲旁的江面上，百舸争流，舟帆点点。毛主席逸兴大发，随口吟出一佳联："橘子洲，洲旁舟，舟行洲不行。"并风趣地对周总理说："恩来，我一时江郎才尽了，请你来个锦上添花如何？"

才华横溢、思维敏捷的周恩来，脑海里一直在思索毛主席的联语，当抬头看到一群鸽子从阁中飞出时，豁然开朗，随即高声念道："天心阁，阁中鸽，鸽飞阁不飞。"毛主席听后连声称赞："妙，妙，真是妙极了。"

周恩来智慧超人。有一次，一位西方记者问周总理："请问中国人民银行有多少资金？"周总理委婉地说："中国人民银行的货币资金额，有十八元八角八分。"当他看到众人不解的样子时，解释说："中国人民银行发行的面额，有十元、五元、二元、一元，五角、二角、一角，五分、二分、一分，十种主辅人民币，合计为十八元八角八分。"

还有一次，在记者招待会上，一名外国记者不怀好意地问周总理："在你们中国，明明是人走的路，为什么却叫马路呢？"周总理不假思索地答道："我们走的是马克思主义道路，简称马路。"这位记者的用意，是把中国人比作牛马，而总理把马路的"马"解释为马克思主义，使这位记者目瞪口呆。

陈毅的豪爽。陈毅性情豪爽，坦率惊人。一次，陈毅在记者招待会上，以豪迈的气势回答国际反动势力的挑战。他说："如果美帝国主义决心要把侵略战争强加于我们，那就欢迎他们早点来，欢迎他们明天就来。""我们等候美帝国主义打进来，已经等了十六年。我的头发都等白了。或许我没有这种幸运看到美帝国主义打进中国，我的儿子会看到，他们也会坚决打下去。"

"文革"中，陈毅用无所畏惧的态度坚持正确观点。有一次讲话时，他针对动不动喊万岁的做法，说道："我们几乎每天都见毛主席，有时一天见两三次，一见就喊口号、鼓掌吗？"在林彪、"四人帮"搞现代迷信甚嚣尘上时，人们一张口就要先念"最高指示"。陈毅反其道而行之，他公开讲："我这个人不是遇事都把毛主席的话讲在前头，我认为，只要思想符合毛主席的指示就行了。"

有一次在会见群众时，他坦然讲道："我不是一贯拥护毛主席的，如果说一贯拥护，这是撒谎。我过去几次反对过毛主席，但比来比去，还是毛主席对，我决定跟毛主席走。"

陈毅光明磊落，严于剖析自己，勇于承认错误，从不文过饰非。他在一首诗中写道："一喜有错误，痛改便光明。一喜得帮助，周围是友情。难得是诤友，当面敢批评。有时难忍耐，猝然发雷霆。继思不大妥，道歉亲上门。于是又合作，相谅心气平。大大开生面，红日散乌云。"

贺龙的幽默。1937年，红军改编为八路军时，大部分官兵对红军改名，戴上青天白日帽徽不理解，抵触情绪很大。一二〇师在陕北举行改编誓师大会，朱德、任弼时到会讲了话，接着贺龙讲话。他说："10年前，我们为什么丢开白帽子，戴红帽子？今天为什么收起红军帽子，戴上国民革命的帽子？国民党的帽子我戴过，国民党的官服我穿过。因为国民党叛变革命，我痛恨它不穿了。今天，国难当头，为了共同对付日本帝国主义，我愿意带头穿上灰军服，戴上白帽徽，别看我们外表是白的，可心是红的，永远是红的！"最后贺龙语出惊人地说："只要是为了民族解放的事业，老子穿花裤子都可以。"话音一落，引起全场笑声。

陈赓幽默风趣。1943年，有一天，毛主席在延安作报告，陈赓忽然抓耳挠腮，东张西望，后来站起整整衣服，直奔主席台，毛主席一愣，问："陈赓同志有急事？"陈赓不语，顺手拿起主席的搪瓷缸，"咕咚、咕咚"喝了几口水，然后擦擦嘴，向主席敬个礼说："报告主席，天太热，借主席一口水，现在没事了。"这一举动引得在场干部哈哈大笑，主席也微微地笑。

在抗日战争时期，有一天，陈赓设宴招待彭德怀，有人劝陈赓说，彭总性情暴烈，愤恨大吃大喝，当心挨骂。陈说："没事没事。"事前陈赓请示彭总说："我叫战士到河里捞了几条鱼，今天午餐不吃别的，只吃鱼是不是可以？"彭总点头称好。在吃饭时，彭总边吃边说，这鱼确实不错。接着又上一盘丸子，彭总说："不是说吃鱼吗？怎么又有肉丸子？"陈赓从容对答说："这丸子是鱼肉做的，你尝尝。"彭总不语。接着又上一道菜，彭总放下筷子问："这鸡难道也是鱼做的。"陈赓不慌不忙笑着答道："这河边的鸡主要是吃鱼长大的，归根结底还是鱼……"彭总无奈，边吃边笑。

伟人的幽默风趣故事很多，限于篇幅，仅举几例。由此给我一些启示：

一是感受到伟人有英明伟大的一面，也有平凡的一面，从点点滴滴的风趣中能感受到他们平凡中的伟大；二是欣赏伟人的情趣，能从中领悟到生活的艺术，使自己受到启迪、激励。

其实，还有许多老领导、老前辈有类似的故事。在放松心态，放慢生活的时候，欣赏一下老前辈们的故事，大有益处，也是一种享受。

自我调侃

善意的调侃、调笑对方，或自我调侃、调笑，是润滑生活的幽默，是逗笑取乐的举动，往往能带来心情愉悦。

我喜欢快乐的生活，喜欢在茶余饭后与人相聚休闲聊天时，用幽默的语言、调侃的方法、有趣的动作，逗笑取乐。其目的是调理情绪，活跃气氛，常常给自己及别人带来无穷的乐趣。我觉得，幽默是一种生活艺术，是一种心情。幽默能给人带来快乐，有化解矛盾、消除尴尬、增加情感的作用。在享受休闲、颐养天年、与人交往中，学会幽默、调侃，能搞好人际关系，使人产生愉悦。在闲暇与人聊天中，说些笑话，抛出一些有趣的段子，往往能引起一阵欢笑。比如，我在回忆童年生活时，说过这样一段趣话："童年苦，受过罪。母去世，我一岁。度日月，苦又累。饥寒多，常流泪。解放初，遇机会。跟党走，路子对。求进步，增智慧。虽坎坷，没掉队。弹指间，六十岁。'车到站'，及时退。很幸运，很珍贵。很知足，很陶醉。永不忘，党栽培。"

用顺口溜、打油诗的形式，描述童年时的凄苦、困惑，步入征程时的幸运，激情岁月中的感慨，觉得很有趣，很愉快。笑谈人生，其乐无穷，给自己带来愉悦，也给别人带来笑声。

我在回忆从政经历和兴趣爱好时，也说过一段趣话："高小生，芝麻官。没特长，平普摊。好读书，喜'爬格'。爱照相，好骑车。乐趣多，好聊天。六十岁，不当官。离休后，当厨倌。古稀年，续新篇。寿而康，度日月。为理想，永不歇。"

用戏说、调侃的语言回顾对往日的感受，心情轻松愉快，也是一种自我安慰，表达对激情岁月的知足。我觉得，自己一生过得很坦然，虽然平淡，却也知足，虽没有做出大的贡献，但也无愧人生。从步入征程，到告老身退，从普通又回到普通，经历了一个平常的过程。在岁月征程中，尽管形势多变，历经艰难、曲折，但是从来没有消沉过、懈怠过。一直以平常、平和、平静的心态，面对生活，努力工作，刻苦学习，积极进取，乐观向上，我对此深感欣慰。

有的同志说我身体好、心态好，问我有什么灵丹妙药、宝贵秘诀。我说，我的"秘方"是："老人的年龄，壮年的身体，青年的性格，儿童的趣味。""童心是个宝，童趣防衰老。""要年轻，常挺胸。""防衰老，莫吃饱。""常动脑，身体好。""遇事不恼，长生不老。""脸皮厚，能长寿。"……用这样的趣话回答，既幽默、风趣，又蕴含哲理，同样能激起人们的愉悦。

我用自我调侃、调笑的方法，创造乐趣，丰富生活，改变了自己的性格，也增添了与人相处的和谐因素、与人同乐的气氛，给自己带来许多自得其乐的机会。

善意的自我调侃有许多好处。它能在一阵欢笑中，放松心态，减轻思想压力，增添内心乐趣，搞好人际关系，缩短与人交往的距离，化解尴尬，缓解紧张，消愁解闷，排除寂寞，自得其乐。

怪事不怪 其中有爱

在外出参观旅游时，在阅读报刊、书籍时，常常发现有些地方流传一些耐人寻味、逗人喜爱的"几大怪"，深感有趣。由于大多朗朗上口，语言生动，表达形象，所以给人留下很深的印象和记忆。其实，经过深入了解，仔细考察，都是有一定来历的。

据我观察了解，各地流传的"几大怪"，多是历史上流传下来的，也有一些是现代人创作的。

"几大怪"的突出特点是有鲜明的个性、浓重的地方特色，如反映本地特产、地方小吃、民风民俗、生活习惯、生活经验、自然现象、历史背景、名胜古迹等，也有反映新发展、新变化、新成就、新面貌的。由于事出有因，语言生动，描绘形象，绘声绘色，通俗易懂，赞美中有夸张，渲染中有真实，传播得快，所以大多经久不衰，代代相传，甚至传遍全国，漂洋过海传到国外。

比如，在我国东北一带流传有"窗户纸糊在外，大姑娘拿个大烟袋"等，在山陕两省流传有"老婆毛巾头上戴，家家房子半边盖，锅盔大得像锅盖，秦腔大戏吼起来，陈醋也是一道菜，路边尘土当煤卖，面条宽得像腰带"。在西藏流传有"一只胳膊露在外，光喝油茶不吃菜，牛粪饼子街上卖，吃饭用手不用筷"。在云贵一带流传有"四季鲜花开不败，石头高出云天外，过桥米线满街卖，蚂蚱能当下酒菜，鸡蛋用草拴着卖，背着娃娃谈恋爱，干活行家是老太"。在河南许昌流传有"许昌烤烟香国外，档发'老外'争着戴，神垕钧瓷俏世界，鄢陵花木四季卖"。

从"几大怪"的背景中，我们能领略到它的历史地位，文化品位，先人、前人的生存智慧，生活态度，乐观精神，以及无限丰富的想象力、创造力。由此可见"几大怪"中群众语言的纯朴，历史文化的厚重，文化内含的丰富。

"几大怪"之所以能长期流传，经久不息，是因为它扎根于群众生活之中，有很深的土壤，与群众的生产、生活息息相关。群众喜欢它，热爱它，离不开它，所以有很强的生命力。

"几大怪"是民俗文化。文化是血，文化是魂，文化是生活中的重要元素，"几大怪"给人们的生活增添了情趣，使生活更加多姿多彩。

人们称"几大怪"并非贬义，而是戏说、趣谈，是因为它独具特色，别具一格，与众不同，有吸引力，能引起人们的兴趣。

人民群众是历史的创造者，也是灿烂文化的创造者。历史因文化而厚重，因文化而丰富多彩。品味民俗文化也是一种享受，能增长知识，开阔视野，增添情趣，陶冶情操。

休闲说趣

人的一生离不开趣。好的趣味是生活的营养品、润滑剂，也是必需品。为了健康的生活和生活的健康，必须拥有趣，学会寻找趣，培养趣，用健康的趣味充实生活，这是一种品质和生活艺术。日常生活没有趣味是苦涩的、乏味的、寂寞的、无聊的。

趣味伴随人的一生。但是，一个人拥有什么趣，喜欢什么趣，往往因人而异。不同人，不同时间，会有不同的趣味。比如，童年时期，天真好奇，无忧无虑，有活泼可爱的童心童趣。青年时期，风华正茂，求学上进，有追求进步、交友联谊、谈情说爱的志趣。壮年时期，有追求事业、享受风光、相夫教子的情趣。老年时期，有告老身退、颐养天年、享受天伦之乐、品尝成果、欣赏成就的乐趣。

其实，大千世界，无奇不有，芸芸众生，红尘百态。在广大人群中，什么样的趣味、爱好都有。有喜欢读书、写作、绘画、书法的，有喜欢唱歌、跳舞、欣赏音乐戏曲的，有喜欢观光旅游、登山、探险的，有喜欢打牌、下棋、调侃聊天的，有喜欢饮酒、品茶、品味美食佳肴的，有喜欢赏花、钓鱼的，有热心养生、健身锻炼的等。

品尝趣味给人带来愉悦，良好的趣味有益身心健康。比如：想有趣的事、开心的事，能滋润心灵；说有趣的话，能给人带来笑声；读有趣的书，能陶冶情操；看有趣的景观、异地风情，能让人产生好奇，同时能带来美的享受。

兴趣、乐趣、情趣、志趣，在人的一生中有着重要的作用，每个人都需要，一生都需要。好的趣味能给人带来信心、希望、欢乐、幸福，能化解尴尬，消愁解闷，能增进和谐，产生动力。

人生历程，旅途漫漫，苦、甜、酸、辣，什么样的滋味都有，要想生活得健康，应该学会快乐地生活。

生活中有许多趣味，但不一定适合每一个人，也不一定都是健康有益的。有积极的、愉快的、健康的，也有消极的、颓废的、不健康的。因此，要理性地寻找趣味，培养趣味，享受趣味。生活需要趣味，有趣味才有滋味，有滋味才有意义。生活因有趣味而丰富多彩。

追求趣味，享受人生，既要有技巧，也要有智慧。想拥有趣味、享受趣味，首先要热爱生活，对生活充满信心；其次要有积极进取的心态，有向往美好的愿望，不断地提升对兴趣的认识，提高趣味的品位；再就是要善于运用趣味，丰富精神生活，满足精神需求。

还是开头那句话，人的一生离不开趣，缺少乐趣、情趣的人生，生命就像缺少快乐与阳光一样。即使告老身退，过休闲生活，也离不开趣。在休闲时光里，放松心态，悠然自得，欣赏成就，品尝成果，领略愉快，享受天伦之乐时，如果用多姿多彩的趣味丰富生活，肯定会使休闲生活过得有滋有味。

追求趣味，充实生活，与其他事情一样，也有一定的度，要把握时机，把握好度。既要积极追求，也要理智行事，不能无节制地追求，不能随心所欲。切忌乐极生悲。

身边的稀奇事

改革开放以来,人们的思想解放了,视野开阔了,观念转变了。人们敢想敢干,开拓进取,立异标新,创造出许多过去没有过的奇迹。新的奇迹,因为新鲜、稀奇,与众不同,独具特色,使人惊喜,逗人喜爱。新的奇迹,不仅改变了环境,提高了生活质量,也改变了人们的生活习惯;同时,也极大地鼓舞、激励人们向更好、更多、更新的目标迈进。

社会不断进步,历史不断发展,新陈代谢是自然规律,继往开来是历史的必然。新事物层出不穷,稀奇事会不断涌现。在日新月异、飞速发展的今天,在如火如荼、奔腾不息的改革浪潮中,学会欣赏成就、领悟新潮、追求新奇,能激励志气、开阔眼界、提高人的境界。

现在新鲜、特别、稀奇的事很多,从自己身边到全国各地,到处都能看到。这里,略举些许。

一、美丽鲜花四季卖。经济发展了,生活水平提高了,许多富裕起来的人,也学会用鲜花扮靓环境,美化生活。勤劳朴实的鄢陵人,发现这一商机，抓住机会，利用自己的传统优势，乘势而上，继往开来，大规模地发展花卉产业。种植规模由过去的几个村、几千亩、几万亩，发展到现在的几十万亩。培育花卉的技术空前提高。如今在这里，一年四季都能看到、买到千姿百态、娇艳美丽的鲜花。

二、可耕地里种野菜。如今生活好了，许多人对大鱼大肉吃腻了，又想吃野菜了。为了满足人们的需求，不少地方，抓住时机，在可耕地里种植野菜，或自产自销，或与经营蔬菜的公司签订产销合同，达到互利双赢。现在，在许多宾馆、饭店餐桌上，或某些人家里，吃野菜已成为新的时尚。

三、废品变出宝贝来。废品回收，是一项资源回收再生、循环利用、变废为宝的新兴产业，既经济实惠，又节约环保。改革开放以来，在长葛大周等地，一部分富有远见的农民从收购废品中悟出生财之道，他们将收购起来的废旧金属，经过分拣、冶炼、加工、制造，生产出市场上紧缺的五金建筑材料，产品热销全国各地，深受广大用户青睐。如今的大周镇，已成为远近闻名的五金名镇。

四、农民创出大名牌。改革开放的春风，给自古以来以农为业的农村带来无限商机，增添无穷力量。以许昌为例，改革开放以来，在大力发展农业的同时，建立起一大批充满活力、独具特色的工厂和企业，大批农民出身的职工，经过不懈努力，不仅工厂、企业规模不断壮大，而且产品质量日益提高，创出许多在全省、全国都叫得响的名优产品，如黄河磨具、瑞贝卡档发、河街腐竹、长葛众品、森源跑车、大周五金、马拦短绒、禹州粉丝等。众多名优产品的胜出，使古老的许昌焕发出新的生机。

五、清水比油卖得快。现在，人们的保健意识增强了，连喝茶饮水也讲究起来，许多人争相购买矿物质多的地下水，用来烧茶煮饭。鄢陵县陈化店镇是久负盛名的"茶艺之乡"，地下水质纯优，口味甘甜，含有多种微量元素，常喝有益健康。近年来，有关部门和专家学者经考察论证，给予高度评价，将其定为水资源保护区和开发园区。目前，开发生产纯净水的企业达30多家，产品销往全国各地。陈化店"借水行舟"，带动各项事业飞速发展，使这里的自然面貌发生了巨大变化。

六、新村建设好气派。改革开放以来，不少富裕起来的农村进行了旧村改造，重新规划，建成新型农村社区，整修了道路，建起漂亮的楼房，用上了自来水，架通了电灯、电话，环境优美，生活设施齐全。许多农家都拥有电视、电脑、电冰箱、洗衣机、电话、手机及汽车、拖拉机等，过上了和城市人一样的生活，彰显出一派崭新的景象。

世界之大，奇事多多。事实上，还有很多新鲜、稀奇的事我没说到，我相信别人也会发现。

欣赏新鲜、稀奇的事，是一种心情，一种向往，一种享受。用新奇激励志趣，用美好滋润心灵，同属养生之道，有益身心健康，请您不妨一试。

啼笑皆非的往事

在 20 世纪六七十年代，林彪、"四人帮"一伙打着革命的旗号，利用人民群众热爱毛主席的心理，玩弄权术，迷惑群众，大肆宣扬"无限热爱、无限信仰、无限忠于、无限崇拜"的口号，推行离奇古怪的极端活动，强迫人们坚决"照办"，不理解也得执行，制造出许多让人啼笑皆非的怪事，弄得人们不能正常吃饭，不能正常睡觉，不能正常说话，不能正常写文章等。许多人身受其害。

吃饭先"敬祝"

在极左思潮盛行时，林彪、"四人帮"一伙推行的"三敬祝"，许多人都印象深刻。所谓"三敬祝"，就是在吃饭前、开会前，先背一条毛主席语录，唱革命歌曲《东方红》，再向毛主席像三鞠躬。这一活动，在当时是一项极为严肃的政治活动，遍及全国广大城乡，在所有机关、团体、学校及城乡人民家里都得执行。不敬祝不能吃饭，不能开会；不敬祝被视为政治问题。据我的观察和亲身体会，当时在进行"敬祝"中，集体进行还好办，一个人单独进行，往往很尴尬，尤其是老年人，一个人履行这一活动，背语录、三鞠躬还好办，就是唱《东方红》很难把握，歌曲、歌词大多唱得不准，有时在一边听的人直为唱者出汗。现在想起来，那种举动很可笑，可在当时，必须这样做。

在我工作的地方，有一位从县城下乡的干部有一天到一农民家里吃派饭。他想，今天管饭的是一位老大娘，她年纪大，可能吃饭时不会再敬祝了。吃饭时，饭一端到桌上，他就拿起筷子想吃，可这时老大娘说："同志，咱来'敬祝'吧。"在敬祝中，先背了一条语录，在唱《东方红》时，这位大娘唱"东方那个红，太阳那个升……"歌词、曲调都唱走样了，这位下乡干部听着想笑又不敢笑，只好跟着顺下去。事后与其他同事说起来，引起一阵捧腹大笑。

大造"语录"潮

"文革"期间，林彪、"四人帮"一伙，为了标榜自己，大造"语录潮"，搞形式主义，把学习"语录"放在"大于一切，高于一切，先于一切，重于一切"的地位，做任何事情都得先背"语录"。吃饭前背"语录"，开会、讲话前读"语录"，写文章先写一段"语录"，出版书第一页必须是"语录"，在报纸、刊物的重要位置上必须登"语录"。同时，在报纸、期刊上登载或在广播里播发毛主席讲话、文章、题词、诗词时，必须组织庆祝、游行、欢呼活动，欢呼"最高指示"发表，要求宣传不过夜。所以，有时半夜也要起来参加欢呼、庆祝活动，如不参加会被查处。

当时，语录是"最高指示"，谁也不能怀疑，所以有时就出现不同派别利用语录互相攻击、打"语录仗"的事。比如有个地方，对当时出现的武斗和打、砸、抢行为进行批判时，有人却用"不破不立""革命不是请客吃饭，不是做文章，不是绘画绣花，不能那样雅致……"等进行反驳。有的为了应对某种场面，借机"制造语录"，如有个地方，生产队长在组织社员下地干活时，不同观点的社员发生争论，这位队长在无奈之际，大声疾呼："请大家静一下，我给大家背一条语录，伟大领袖毛主席教导我们说，'社员要听队长哩'，我的意见，大家不要争论了，先下地干活去吧。"就这样平息了当时的争论。究竟队长说的那条"语录"有没有，谁也不知道，可谁也不敢反对。

敏感的"词"

在极左思潮盛行时，出现一些敏感的词，颇受人关注，如称毛主席话为"最高指示"，称毛主席像为"宝像"，称毛主席著作为"宝书"，称毛主席检阅红卫兵的纪录影片为"宝片"等，如不注意就会招惹麻烦。在购买、接送、观看时，必须用"请"字，不能用"买个""弄个"等。当时，对不慎造成损坏时，大多神情紧张。如当时发生过这样一件事，一位干部不慎将一件毛主席瓷像摔碎，吓得他脸色大变，生怕被人知道，说他是故意破坏。他想偷偷挖个坑埋在地下，又怕被人发现，说他"活埋"领袖。怎么也想不出个好办法，最后还是偷偷埋到地下，但心里一直很害怕。多年后，这位同志回忆说："当时可把我吓坏了，如果被人发现检举，那可就麻烦了。"

"文革"已成历史，林彪、"四人帮"是历史的罪人。牢记历史，使人清醒；回顾历史，警示后人。

走出去寻找新感觉

到了退休年龄，从岗位上退下来，这是人生新阶段的开始。新生活主要表现在，每天活动的内容变了，环境变了，生活节奏变了。新转折给人带来一些不适应，特别是曾经担任过领导职务的人，会有不习惯、不自然的感觉。

这主要是由于过去在岗时长期形成的思维模式、思想观念、生活习惯等在脑子里一时转不过来，在心理上仍有对事业的依恋和对过去生活节奏的怀念。

怎样才能适应新的转折？我的体会是，调整心态，走出去，走出家庭，走向社会，走进大自然，去寻找新的乐趣、新的感觉。应该认识到，有进有退，回归自然是规律。适时淡出，告老身退，是最好的选择。寻找乐趣，丰富生活，这是生活的艺术。千万不要闷在家里，把自己封闭起来，离群索居，过孤独无趣的生活。那样的生活是寂寞的、无聊的、苦涩的，也是有害的。

外边的世界很精彩，走出去，能开阔视野，丰富生活，增加乐趣，提高人的思想境界。比如：走入人群，你会听到人群中的欢声笑语；走近公园、湖畔，你会听到鸟语，闻到花香，呼吸到新鲜空气；漫步乡间田野，你会感受到田园风光的美妙；外出旅游，你会感受到异地他乡的新奇；参观名胜古迹，你会感受到劳动人民的伟大，先人、古人的聪明、智慧。即使在你居住的周围走一走，看一看，也会发现许多新发展、新变化，找到新感觉。

许多老人可能有过这样的经历，年轻时整天投身事业，忙于工作，想外出旅游，没有机会或没有条件。现在条件好了，国家、社会为我们提供了许多可供选择的条件和机会，应该走出去看一看，去实现往日梦寐以求的夙愿。

人到老年，最重要的是要拥有乐观的心态、健康的身体。要学会寻找乐趣，这是健康长寿的重要因素。人应该有适度的好奇心，好奇心能延缓衰老，有好奇心表明心态不老。

生活中充满艺术。懂得生活艺术，学会快乐生活，要主动去找，不断地充实心理需求，使休闲生活过得积极、健康、有意义。要充分用好各种有利条件，抓住机遇，把握时机，发挥好自己的优势，放松心态，迈开双脚，去欣赏大自然之美、艺术之美、国家建设的伟大成就和丰富多彩的文化生活，尽情地享受人生之趣。这既能愉悦身心，感受幸福，也能增强健康，延年益寿。

回首团拜

20世纪五六十年代,每到岁末年底,机关、团体、单位都要举办一次团拜会,参会的全是本单位的同志。当时人们对团拜都非常重视。平时大多下乡工作,不常见面,到过年时欢聚一堂,亲切交谈,互相祝福,握手问好,非常热闹。

团拜形式清廉简朴,气氛热烈。主要由机关办公室筹办,在机关餐厅摆好桌子,利用机关一年来节约的伙食"尾子",买些花生、瓜子、糖果,还有事先烧好的白开水等。团拜会开始,先由机关主要领导即席讲话,多是简要地总结一下一年来的工作,肯定工作成绩,表扬一些好人好事,对新的一年工作提出新的要求等。往往由于讲话人诙谐风趣,或对工作成绩的充分肯定,会引起阵阵掌声、笑声。讲话结束,与会同志边吃边议,互相致意,畅谈感受,脸上洋溢出甜蜜的微笑。

那时,职工干部都是在机关食堂就餐,过年时,有时改善生活,发动大家包饺子,由食堂师傅先拌好饺子馅,和好面,然后大家一起动手。对参加这样的活动，同志们都非常勇跃，往往在包的过程中，互相学习，交流技艺，大家包着、说着、笑着，气氛热烈。说实在的，我的包饺子技术就是那时候学会的。

遥想当年，回味团拜，仍能找到那种感觉，那是真正意义上的团拜，虽然简朴，却能体现出团结友爱的精神，感受到亲切、热烈、生动活泼的气氛，也能体现出一个单位团结战斗的整体精神，感受到同甘共苦、亲如兄弟的滋味，像一个大家庭一样。那种经历，虽然已过去几十年了，但至今仍记忆犹新，尤其是曾在一起工作过的老同志相聚时，重新提起，大家仍一往情深。

时代不同了，观念变新了。现在的拜年，无论形式、方法、内容都与过去不同了。比如，利用手机发短信，寄贺卡，或在岁末年底到宾馆、饭店聚餐，或给大家发张购物卡，或按一定价值给每人买一份过年用的米、面、肉、蛋、水果、油、糖等。按说这样的做法比过去丰富多了，但是，在内心里、感情上仍忘不了当年团拜那种味，那种简朴实在的"茶话"味。

春节是中华民族的传统节日，是一次休闲放松的机会。团拜是一种表达庆祝的形式，绝不是为了吃什么，重要的是体现节日的气氛，体现出团结友爱、和谐相处、共同奋斗的精神，增强整体意识，彰显生动活泼，体现文明礼貌、互敬互爱的传统美德。

休闲品趣

谁说休闲不是福

从岗位上退下来是人生历程的重要转折。过休闲生活是件好事。面临"船到码头车到站"时,应该聊以自慰。可我刚离休时却有一段不适应、不习惯的过程。长期在工作岗位上形成的生活习惯、生活节奏,一下子转不过来,心依然恋在岗位上。身体退了,心仍在岗位上,整天无所事事,茫然若失,郁郁寡欢。经过好长一段时间的思考、观察、调试,才慢慢适应下来。

在梳理思绪中,我回顾过去,认识现在,想到将来。从事物发展的规律悟出人生历程有进有退的道理。我逐渐转变了认识,调整了心态,开阔了视野。观念一变思路新,很快就找到了实现自身价值的方法。

一、找到了"赋闲读书"的满足。过去在岗时,比较重视政治理论、时势政策的学习,对某些历史名著、文学精品想读挤不出时间,没机会读。离休后,时间充裕,心态放松,接连看了好几本历史名著。把过去没有实现的夙愿完成了,陶冶了情操,增长了知识,心里特别高兴。

二、找到了观光旅游的快乐。记得20世纪80年代有人问我，全国各地你都去过哪里？我说"往东到过开封，往南到过漯河，往西到过洛阳，往北到过北京"。当时他们很惊讶，可实际情况就是这样。从工作岗位上退下来以后，我先后到全国各地旅游过好多地方，广东、广西、湖南、湖北、山东、上海、海南、黑龙江，以及香港、澳门、台湾等都去过。我深深地感受到祖国大好河山的伟大，异地风情的美丽，大饱了眼福，充实了生活，丰富了精神需求。

三、找到了养生保健的妙处。过去因为工作多、任务重，一直重视工作而忽视保健，对养生保健看得很淡。离休后，坚持科学生活，合理膳食，适度锻炼，重视养生，使自己受益匪浅，获得了一举多得的好处。

四、找到了"立功补过"的机会。过去因为工作忙，家务活几乎没管过，多是推给老伴去料理，深感欠老人、孩子们的太多。后来一次车祸，夺去了老伴的生命。面对严酷的现实，我学习操持家务，料理生活，照顾老人，学习做饭等。经过10多年的努力，我艰难前行，终于走出困境。

五、找到了老友相聚的放松。离休后，在享受休闲、寻找乐趣中，又结识了一批新朋友，经常在一起调侃聊天，谈天说地，排除了孤独寂寞，丰富了精神生活，迎来了欢声笑语，每天生活得都很愉快。

六、找到了休闲"爬格"的乐趣。离休后为了丰富休闲生活，在回眸往事中激发起学写文章的灵感，写哲理性杂文，写自己经历过的往事、趣事、感悟的事。从一两篇试水，到100多篇，并选编成册，越写越想写，遂形成《岁月拾趣》一书。在写作过程中，每一篇文章的形成都给我带来了喜悦。这让我体会到，生命在于大脑运动，休闲"爬格"促使我身心健康。

如今，我虽已步入耄耋之年，但身体尚好，心态乐观，衣食无忧，还受到党和国家的优待照顾，尽享发展成果，深感休闲趣多，有谁能说这不是休闲得福呢！

"爬格"之趣

我有几位喜欢业余"爬格"的老友,常在一起谈论写作的体会、感受,说到兴致时,往往会用不同的比喻来描述写作,听起来颇感生动、形象、有趣。

一是比作蜜蜂采蜜。蜜蜂一生从事甜蜜的事业,每天辛勤忙碌,在万紫千红的大自然中巡视,在百花丛中采蜜,一点一点地采,一次次地送入巢中,经过加工提炼,酿成百花之蜜,奉献于人,给人们带来甜蜜的享受。写文章何尝不是如此。作者为了写好文章,给人们提供宝贵的精神食粮,每天像蜜蜂一样,到处奔走,广泛接触,深入基层,了解情况,收集材料,在占有资料后,分析归纳,巧妙构思,然后写出各种各样的文章来。

二是比作织女织布。纺织厂的织布工人,在织布过程中,把一根根细纱纺成线,经过精心梳理,设计出美丽的图案,通过熟练操作,织出各种各样质地优良、花色亮丽的布来,提供给千百万人使用。写文章不也是这样吗?作者把精心采集到的材料,不管是口头的、文字的、零碎的、片段的,一点一滴地收集起来，经过精心挑选、整理、归纳，写成生动有趣的文章，通过媒体传达给广大读者，使无数人读后受到激励、启迪，起到鼓舞、促进作用。

　　三是比作修剪花木。一盆花，一处美丽的风景，多是经过园艺高手反复观察、精心设计、多次修剪、不断整理才形成的。去掉哪一枝，留住哪部分，修成什么形状，都是匠心独到，然后才会呈现出壮观的树景、美妙的花姿。人们常说，好文章是修出来的，一篇好文章，往往需要经过反复的推敲、多次的修改，字斟句酌，删繁就简，修饰润色，才能形成。有的经过精益求精的修改，使文章成为艺术品。你看，这反复修改的过程，不正像园艺师傅爱花护花、辛勤劳动、精心构思、多次修剪所下的功夫吗？

　　四是比作巧妇做餐。一道好菜，一顿美餐，从原料搭配、刀工技艺、调料使用、火候掌握、下锅顺序等，都是有讲究的。操作得当，就会做出一道色、香、味俱佳的好菜、好饭来。写一篇好文章，也得下功夫，需要认真构思，精心设计，巧妙地用好词句，比如生动的语言、独到的见解、深刻的哲理、形象的比喻、恰当的典故等，还有巧妙的命题。这诸多方面用好了，就会成为一篇感人肺腑的好文章。

　　五是比作十月怀胎。一个小生命的形成，从母亲怀孕到孩子出生，十月怀胎，一朝分娩，是一个完整的过程，其间经历各个成长阶段和成长过程。写文章也有一个过程，从深入基层、调查研究、了解情况、酝酿构思、精心设计，到动手写作、反复修改直至抄写打印、最后定稿等，同样有一个逐步形成的过程，绝对不是一蹴而就。有时候，写一篇好文章，可真像生一个可爱的孩子一样，让人兴奋不已。

可贵的"废话"

　　如果有兴趣的话，你仔细观察一下，在日常生活中，许多人每天都在说重复的"废话"。譬如，爸爸、妈妈或爷爷、奶奶在送孩子去幼儿园的路上，总会反复地叮咛："到幼儿园学乖点，听阿姨老师的话，不要与别人打架，要多吃点饭，不要挑食，多吃饭能长高……"到孩子上学时，老人们会一遍又一遍地催孩子："快点把书包整理好，把文具盒也带上，赶快上学去。""走到路上要注意安全，过马路要小心。""到学校要好好学习，上课时要认真听讲。"……学生放学回家后，老人们又开始说："赶快洗洗手，不洗手咋吃东西呀！"到吃饭时又要说："快点吃饭，吃完饭先写作业，然后再看会书。"到了上中学的年纪，做父母的大多关注孩子的学习成绩，常说："这次考试怎么样？给你买的参考书看了没有？要多读、多看、多问。"到孩子上大学时，老人们仍不放心，见面后就询问："学校生活怎样？生活费够不够？功课多不多？学习累不累？"到儿女走出校门，步入社会，踏上工作岗位后，老人们见到儿女或在电话里仍会反复询问："工作忙不忙？累不累？

要注意身体，不要熬夜，不要吸烟、喝酒，不要与别人闹别扭。"到儿大当婚、女大当嫁时，许多老人们仍放心不下，还会反复唠叨、叮咛。

这些反复说的"废话"，广泛流行，耳熟能详，且流传久远。不论过去和现在，许多人都在说，百说不烦，久说不厌，成为代代相传的"传家宝"。

对于这些"废话"，人们说后、听后是什么感觉，我想不同的人会有不同的感受。经常说的人，总觉得说得还不够，生怕孩子记不住。而孩子们已经耳熟能详、习以为常了，往往听后会频频点头，表示知道了。也有一些很乖的孩子，听多了，听烦了，听腻了，也学会说了。当爸爸、妈妈又要说那句话时，他会马上抢先说出来，"走到路上注意安全，过马路要小心……"，把唠叨的爸爸、妈妈、爷爷、奶奶都逗乐了。

你再仔细品味一下，这些看似"废话"的话，其实不废，而且很可贵。就拿老人们对孩子唠叨的那些话吧，大多是善意的，蕴含着深情的牵挂，流淌着浓浓的爱意。一次次谆谆的嘱咐、告诫、叮咛，洋溢着对孩子的关心呵护。未成年的孩子，正处在长身体、长知识，接受启蒙教育的时期，他们天真无邪，活泼可爱，求知欲旺盛，可塑性强，正需要别人的帮助。父母和爷爷、奶奶的唠叨，如蒙蒙细雨、涓涓清泉，会给孩子带来启迪、鼓舞、感染和推动，以言传身教的方式，促使孩子健康成长。尽管是老生常谈，多次重复，但是孩子们一般都能接受。因为在老人的唠叨中，往往渗透着情感，晓之以理，动之以情，把嘱咐的事与浓浓的亲情、深深的爱意糅合在一起，使孩子们听着亲切、舒服。

孩子是父母生命的延续，父母是孩子最初的老师，也是孩子健康成长的保护人。老人的唠叨，实际上是在传承中华民族的优秀文化，是在播撒美德，灌输知识，培养孩子的文明、礼貌习惯和品德。老人们的唠叨，有潜移默化的作用，能滋养孩子的心，会在他们心里产生力量。孩子是父母的希望，也是父母永远的牵挂。所有的父母都希望自己的孩子学有所成，健康成长，将来超过自己。父母对孩子的付出是无怨无悔的，这正是父母的伟大。

当然，儿女长大了，成家立业了，做父母的就不要再婆婆妈妈地唠叨了，他们需要的是另一种关爱和理解，应该多给孩子一点自己思考的空间，让孩子勇敢地走自己的路。

消遣漫话

闲情逸致，赏心悦目，消遣品趣，赋闲读书，在享受清静中，品评赏析，洞彻事理，能从中获取无穷的力量。

人生"三看"

旅途漫漫,岁月悠悠,在人生征程中,每个人都会目睹纷繁,与苦、甜、酸、辣相遇,怎样看待,如何面对,不妨学学"三看"。

一是看远。就是要站得高,看得远,有远见,有抱负,立足当下,着眼未来。比如,为了未来,为了改变自己,为了事业、前途,要努力学习文化知识、科学技术。为了实现崇高理想,要学会吃苦,耐住寂寞,经受各种锻炼。为了实现长期计划、远大目标,要学会放弃,牺牲眼前利益。为了整体利益,要顾全大局,严格要求自己。

看得远是一种胸怀、气度、境界,做起来并不容易,因为人生旅途中往往荆棘载途,会遇到来自各方面的干扰、阻力,影响人们的思想、情绪、视野、行动。比如,当你学有所成,事业有果,职务提升,拥有实权时,往往会有来自各个方面的"熟人",有赞美支持的,有求助索取的,也会有嫉妒、排斥的。这种现象,往往给人带来烦恼,影响人们的思绪。

还有自身方面的原因,比如,当功成名就,小有名气,受人热捧,名

利双收时，往往会遇到各种诱惑，欲望膨胀，滋生杂念，也会影响人的远见卓识，造成"视力模糊"。

还有，在遭遇不幸、身处逆境、神情沮丧时，往往情绪低落，对工作、学习、生活失去信心。

这几种情况都是影响视野、削弱锐气的不利因素。所以，在人生征程中，要想成就大事，实现长远计划、远大目标、崇高理想，必须学会正确面对现实，既要有开拓进取、勇往直前的勇气，还要有披荆斩棘、顽强拼搏、攻防兼备的智慧，更要有自勉、自律的精神，洁身自好的志趣。要经常保持清醒的头脑，认清方向，瞄准目标，坚定信心，勇往直前。

二是看淡。就是遇事看开点，平淡生活，淡泊名利，过平常、平和、平静的生活。在事业有成、功成名就时，不张扬，不奢靡，不傲世。在名声大震、受到热捧时，学会淡化。在年老体弱、岁月到"站"时，及时淡出。在与人产生分歧、发生矛盾时，学会化解、忍让。在遭遇不幸、遇到困难、一时无法改变时，学会淡然处之。生活中还有许多淡化处之之事，比如，要正确地认识自己、把握自己，不要过高地估计自己，不要为所欲为、忘乎所以，即使生活条件好了，也不忘粗茶淡饭。

人生贵淡泊，淡泊是许多人一生的追求。淡泊是修养，是气质，是坦然，是宽宏。淡泊可以放松心灵，化解烦恼。淡泊能体验快乐，淡泊是真正的享受人生。

三是看透。就是看人看事要透过现象看到实质，不为表面现象所蒙蔽，不为谣言所迷惑，不对自己不了解的问题乱发议论、妄加评论。

生活中有许多只看现象不看实质、只知其一不知其二的事。有的抓住一点，不及其余，片面理解，狂发议论；有的看到一些表面现象就下结论，发牢骚，讲怪话，发脾气。

这种情况在社会上、机关单位里、家庭中都发生过，对稳定形势，促进和谐，密切关系及生产、生活、工作、学习都非常不利。

解决看透、看清防止偏激、片面的最好办法是强化责任意识，坚持实事求是，深入实际进行调查研究。一切结论都在调查研究之后得出。

看透的目的是保持清醒。因此，在实际工作中，要学习前人、古人、伟人的处事经验，坚持实事求是，重视调查研究。在肩负使命、履行职责时，一定要认清形势，把握方向。在向往美好、追求卓越时，不要期望值过高，对难以实现的事不要过分追求。在帮助别人解决思想问题时，要看透心思，对症下药。在工作、学习、生活等遇到困难时，要分析情况，看到有利条件，看到光明，不轻易放弃努力。还有，应该认识到，现在的好日子、好生活是先人、前人艰苦奋斗流血牺牲换来的，是国家、社会为我们创造的条件、提供的资源，是社会各界共同奋斗创造出来的；否则的话，你本事再大，也创造不出这样的奇迹来。所以，日子好了，应该有感恩思想。

"三看"是精明处世，是生活的智慧。"三看"诚可贵，全在实践中。

阅读还是千百篇

读书的重要，读书的好处，是人所共知的。许多先人、前人、名人、古人都有过总结。诸如"读书破万卷，下笔如有神""书到用时方恨少，事非经过不知难""少壮不努力，老大徒伤悲"。还有"书是人类进步的阶梯""理想的书是智慧的钥匙""书籍是全人类的营养品""读一本好书就像和许多高尚的人谈话""读过一本好书像交了一个益友"等。

书是先人、前人、名人、古人在生活实践中总结出的经验，是长期积累的宝贵知识，是知识的结晶、智慧的宝库。

读书能使人变聪明、增智慧，能提升人的素质，提高人的境界，提高人的认识能力、识别能力、生存能力，能使人心态乐观，健康长寿。历史上有过许多阅读改变人生、读书改变命运的事例。

然而，在现实生活中，有的人对读书看得淡薄，浅尝辄止，思想浮躁，不愿刻苦读书，把许多宝贵的时间花在吃喝玩乐上，浪费在酒席饭桌上，花在迎来送往上。有的人虽有藏书，却没有充分利用。有的人对读书抱应试态度，上边要求什么，就学什么，缺乏读书的自觉性、主动性。有的人自以为已经读过许多书，受过某些培训，满足现状，不思进取。

其实，读书是一辈子的事，一个人一生所获得的知识，有许多是走出校门步入征程后学到的。社会永远是向前发展的，新发展需要新知识，新事物层出不穷，新知识、新技术不断涌现，要想使自己的思想适应新形势、新任务、新发展、新变化，必须与时俱进，不断学习，紧跟时代，坚持不懈。

许多事实证明，一个人的成长进步及事业的成败，往往取决于一个人掌握知识的多少和运用知识的能力。不读书，没文化，缺少知识，是没有希望的。

读书是一门学问，读什么书，读多少书，其作用是不一样的。应该多读书，读好书，读名著，而且读得深一点。当然，为了提高生存能力，应该学好文化基础知识。为了提高工作能力，需要学好业务知识、专业技能。为了树立正确的世界观、人生观，需要学习辩证法、方法论等政治理论书籍。还有历史知识、文学作品等。读这些书，可以通晓事理，使人明智，陶冶情操，滋养心灵，提高素质。

读书是往脑子里装知识，读多点，读深点，才会有渊博的知识。博览古今，才能继往开来。"学富五车"，才能视野开阔。读书贵博览，读得多，懂得多，才能见多识广，看问题才能睿智犀利，分析问题才能敏锐深刻，思考问题才能举一反三，运用知识才能得心应手，在工作上、事业上才能有突破、创新、发展的希望。

我想，对于许多人来说，在日常生活中，不大可能或很少有机会与名人、伟人直接对话，聆听教诲。更无法与先人、古人直接交流。但是，通过读书，读他们的著作，则可以与其接触，了解他们的思想、观念、智慧，学习他们的语言、才识。

人类从"结绳记事"开始，从龟甲、兽骨文字到帛竹记录，从纸的诞生、活字印刷的发明直到今天，古今中外出版问世的书多得很，书的种类亦很多，一个人即使拼命学，也读不完。但是，不读不行，读少了也不行，应该多读。读书是获得知识的重要途径，许多有经验的人都说过，要博览群书，深度阅读。当然，应实事求是，从实际出发，有计划地读。读书贵博览，

刻苦是关键。

　　人的一生，谁都想成功进步，想改变自己，提升自己，想为国家、为社会、为家庭多做些贡献，但最重要、最有效的办法就是要拥有更多的知识、技能、本领。读书是治愚之策，是成功之道。在漫长的人生岁月里，在艰难跋涉的征程中，要学会珍惜时间，把握机会，积极、主动地多读一些书。许多知识、才识就在书中。艺海拾贝三两语，读书还是千百篇。

有为价更高

人最宝贵的是生命，生命对于任何人只有一次。只有今生，没有来世，谁也无法再活一回，弹指一挥，几十年就过去了。人的生命稍纵即逝，岂不可贵？

我对人生有这样的感慨：人生百岁，八十稀少。十年童小，十年昏老。岁月一半，梦中睡了。可贵时间，实在太少。稍纵即逝，失去难找。何不珍惜，创造美好。

纵观古今，无数志士仁人、专家学者，为了延长人的生命，都曾付出过努力，前赴后继，潜心研究。应该说已经取得了重大成就，人的寿命已经延长了许多，这是非常可贵的。

生命诚可贵，有为价更高。生命最可贵的不是时间的长短、岁月的多少，而是生命的价值、生命的意义。在人的一生中，应该在有限的时间里为国家、为社会、为人类、为家庭做出贡献，创造出应有的价值。只要没有碌碌无为，没有虚度时光，就没有白活。这就是生命的价值。

当然，由于每个人的自身条件、所处的环境、所受的教育以及时间、机遇等诸多因素的不同，每个人的经历、工作能力、思想水平、贡献大小等是不会一样的，甚至会千差万别。即使一家兄弟，一起上学的同窗，一起工作的同事，一起入伍的战友，也不会一样。

人与人之间最大的差别在于人的大脑，在于大脑里装的知识、技能的多少，以及运用知识、技能的能力。有知识，有技能，又有运作的能力，是一个人身上最宝贵的东西。

怎样才能生活得有价值、有意义呢？我觉得最重要的是要学会珍惜。

一是珍惜时间。时间最宝贵，俗话说，一寸光阴一寸金。时间最无情，过一天，少一天。时间就是生命。在日常生活中，要学会抓紧时间，争取时间，不能等时间，要立足当下，充分利用时间。一万年太久，只争朝夕，分秒必争，要有紧迫感。机不可失，时不再来。要经常想到"盛年不重来，一日难再晨，及时当勉励，岁月不待人"，就是要有时不我待的心境，在当前，就要积极投入到"共筑中国梦"这一伟大壮举中去。时间宝贵，要充分运用好有限的时间，把自己应该做的事情做好，绝对不能把有限的时间，浪费在碌碌无为上，浪费在无稽之谈上。

二是珍惜生命。生命最宝贵的是健康，健康是生命的基础，身体健康能提高生存的能力、生命的质量。因此，一定要重视身体健康，保护好身体。在一定意义上说，珍惜健康就是珍惜生命。

三是要有所作为。恩格斯说过，"有所作为是生活中的最高境界"。人生在世，活着的目的是什么？生活的最高境界是什么？我想，应该树立正确的人生观，要对国家、对社会乃至对家庭有所作为，做一个有用的人。尤其是对国家、对社会有重大意义的事，即使付出生命也在所不惜。

生命的意义在于奉献，不在时间的长短，不在岁月的多少，不在职位的高低，不在权力的大小，不在拥有财富的多少，而在于为国家、为社会、为人类、为家庭奉献多少，创造多少价值。即使是普通职工、平民百姓，只要为国家、为社会做出实实在在的贡献，对国家的发展、对社会的进步有所作为，也很可贵。无论什么时候回忆起来，一生不虚此行，时光没有虚度，对国家做出应有贡献，为社会创造了财富，实现了自身价值，这就是生命的意义。

　　人来到世上，总要对人类、对社会、对家庭有所贡献，不能碌碌无为，枉此一生，不能无所作为，无果而终。

可贵的社会分工

大千世界,千行百业,干什么的都有,什么样的工作都得有人去做。有务工、务农、经商、执教的,有从事科研、搞发明创造的,有从军、从政、投身医疗卫生、文化艺术的,还有修车、修鞋、搞家政服务的。有的供职在上层,有的服务于基层。这是社会分工的需要,也是人尽其才,各得其所。

人活在社会上,为了生存发展总是要有所作为的,每个人都会根据自己的条件、客观的因素、主观的愿望去选择自己能做的事去做。求生存、谋发展是人的本能,是自然规律。广阔的社会为所有人提供了奉献的平台和实现自身价值的机会。人选择事业,社会选择人,历来如此。社会越发展、越进步,生活需求越多,社会分工越细,社会职业就会越多。

由此我想到,面对千变万化、纷繁庞杂的社会,应该学会正确地看待社会,看待生活,看待他人,看待自己,看待社会分工,看待社会职业。首先,要看到社会分工是社会生活的需要,缺少它生活会不方便。其次,要尊重人们对各种职业的选择,尊重从事各种社会劳动的人,尊重他们的职业、人格，理智地处理好与各种人的关系，学会和谐相处，学会互相尊重，互相学习，取长补短，合作共事。同时，还应看到，"行行出状元"，平凡亦可贵，平凡也能透出高尚，只要肯努力，普通工作也能做出伟大的贡献来。

人类社会，古往今来，虽然存在地域不同、肤色不同、族群不同、信仰不同、追求不同，有这样那样的差异、矛盾，但是更多的是相互联系、相互依存的关系。因此，学会互相理解、和谐相处非常重要。世界和谐，能促进和平发展。社会和谐，能促进事业发展，社会进步。家庭和谐，能带来幸福。机关、单位和谐，能增进团结，促进工作。夫妻和谐，能加深感情，生活幸福。同志间和谐，能增进友谊，合作共事。

看待社会分工，最可贵的是尊重。尊重不同的选择、不同的职业、不同的奉献。不论做什么工作，多一些理解，少一些仇视；多一些支持、帮助，少一些指指点点。别小看普通人，他们虽处在社会的基层，但他们都为社会的发展做出很大的贡献。应树立热爱劳动、热爱劳动人民、尊重劳动成果的观念。身居高位，不傲视别人，要关心爱护普通人。拥有财富生活富裕的，不要看不起穷人。处境平凡、普通的劳动者，也不要自卑看不起自己。要学会欣赏自己，安慰自己。在人生历程中，做什么工作，选择什么职业，主要在于机遇和自身条件。工作没有低微的，只要对国家、对社会有用、有贡献，就是可贵的。

一步错的警示

人的一生道路虽然漫长，但最关键、最紧要的时候，往往就那么几步。走对了会摆脱困境，改变命运，走错了可能会影响一生。错过一时，就错过一世。这方面的教训很多。因此，牢记一步错，对每个人都有现实意义。这里有几个不同情况、不同职业、不同性质、不同程度的实例，就是由于一念之差，走入人生岔道，改变了自己的命运，实在可惜。

有一位干部，原来出身贫寒，父母含辛茹苦供养他上学。他大学毕业后，先是到一所中学任教，后来被选拔到行政机关工作，并当上领导。有了权势后，有些人对他另眼高看，求他办事，给他送东西。开始他头脑清醒，"红包"什么的被他一一拒绝。后来，一个企业老板给他送去几万元"红包"突破了他的防线，接着又收了一些人的贿赂，最终走上了犯罪道路。

有一位农村青年，中学毕业后外出打工，几年工夫挣了几万元，父母在家劳动，收入也不错，于是先盖起一所房子，又找到一位称心如意的姑娘结了婚，银行里还有几万元存款，小日子过得很幸福，成为村里很多人羡慕的富裕户。然而，他不知珍惜，有钱后学会了赌博，赢了还想赢，输时更想捞，结果越陷越深，一年多工夫，几万元存款就输掉了，接着家里值钱的东西也抵债了，最后走上偷盗的犯罪道路，直到入狱才流下悔恨的泪水。

有一位城市职工，原本有一份很好的工作，已结婚成家，家庭条件也不错。一次偶然的机会，他学会了吸毒，染上了毒瘾，在精神上、经济上、家庭关系上陷入困境，且越陷越深，最后失去了工作，毁掉了家庭，走进了劳教所。

从上述情况可以看出，他们原来的条件、基础都是不错的，如果抓住时机，把握好方向，严格要求自己，都是可以走向成功或创出辉煌的。可是，他们没有把握好时机，在拥有时头脑不清醒，不知道珍惜，在关键时候走入岔道，误入歧途，没有悬崖勒马，结果下场可悲。

上述事例是一面镜子，对许多人都有警示作用。我想，一个人一生不可能不犯错误，重要的是怎样看待错误，如何记取教训。"一失足成千古恨，再回首是百年身"，应当把"一步错"当成警示牌，时刻挂在心上，永远记住这一教训。同时，还要振作精神，勉励自己，找准新的位置，去实现自己的价值。不能一蹶不振，用老百姓的话说，跌倒了再爬起来，重新开始。

该认输时就认输

　　有胜就有败，有赢就有输。这在两军对峙的战场上，在激烈竞争的运动场上，在技术比武中及其他角逐活动中，是常有的事，早已被人称为：胜败乃兵家常事。

　　由此推及，在日常生活、工作、学习中，在同事间、同学间、夫妻间，以及其他方方面面的人与人之间，不是也有你对我错、你是我非的矛盾和误会吗？胜与败，赢与输，对与错，可谓是家常便饭，自古有之。现在有，将来亦如此，在生活中会不断出现，又会不断消失，这是自然规律。

　　可就是这样一个生活常识问题，有些人却不善于处理。譬如，有的碍于情面、虚荣心、自尊心，害怕"出丑"，在遭遇失败、失利、产生错误时，不能正确对待，该认输时不认输，而是精神萎靡、情绪沮丧、苦恼烦躁，甚至痛不欲生、悲痛欲绝。

　　应该认识到，人不是十全十美的。没有不犯错误的，有的甚至会错上加错。面对错误、失败、失利，最好的办法是，正视现实，冷静面对，勇敢地承认它，做一个不怕"出丑"的明白人。要分析原因，找出差距，接受教训，继续努力。承认失败、认识错误、主动认输，有时不仅不会"出丑"，而且还会获得他人的尊重，给人一种诚信的感觉。主动认输、承认错误所体现的是能大能小、能伸能屈的精神。有时候，主动认输会使错综复杂、久结未解的矛盾迎刃而解。

在人生旅途中，在现实生活中，懂得认输非常重要，应该有自知之明，学会认识自己。有时候该认输时就应该认输，因为人的一生不可能一帆风顺，事事如意，样样都是"赢家"。人各有所长，也各有所短。当我们选择不当、发挥不佳、出现失利失误时，就应该认输。人非圣贤，孰能无过？有时说话不当，误伤别人，就应该认输。

认输是一种精神境界，是头脑清醒、心绪理智的表现。认输并非懦弱、窝囊，是一种生存智慧。有的为顾面子，不愿屈尊，害怕认输被别人看不起。其实人应该都有自尊心，但是也应该懂得能大能小、能伸能屈的道理。有时候，在事实面前，你确实败北，输了，失利了，为了继续前进，该认输时就认输，承认失败，正视错误，无论对自己、对他人、对工作、对事业都是有好处的。"面子"有时是个包袱，放下包袱，才能轻装前进。有时过于碍于情面，会使人精神产生压力，活得很累。

当然，认输需要直面世俗，不畏人言。因为遇到失败、失利时，往往会遇到一些不同声音、不同目光，说什么的都有。有些话很有蛊惑、煽情作用，刺激脑子。这就需要头脑清醒，冷静面对，坚定地走自己的路，不为"闲言所左右"。

对待胜败、输赢问题，历史上许多先人、前人、伟人、哲人都有过英明的指教和光辉的范例。诸如吾日三省吾身，人贵有自知之明，失败是成功之母，自谦、自制、自我批评，以及负荆请罪、割发代首等。这些醒世名言，都曾激励、鼓舞过无数后人，是很宝贵的。

认输是人生旅途中不可缺少的人生哲学。每个人都会遇到，而且会伴随一生，经常遇到。可以说，人的一生就是在不断经历胜败、输赢，无数次的化解中前进的。一个人有胜败、输赢的思想准备极有好处，一旦遇到，才会不惊不躁，坦然面对。

怎一个"丢弃"了得

自古以来，中华民族一代又一代人都喜欢用"锄禾日当午，汗滴禾下土。谁知盘中餐，粒粒皆辛苦"这首唐诗，教育孩子，启迪后人，使其懂得珍惜劳动果实，树立节俭美德。这首千古贤文，不知启迪、激励过多少人。可历史发展到今天，却有一些人对此不以为然，把它忘掉了。据一媒体报道，目前我国每年在餐桌上丢弃的饭菜价值达2000多亿元，这是一个多么触目惊心的数字呀！

应该承认，我们现在的生活确实比过去好多了。经济发展了，收入增加了，粮食丰收了，生活改善了。可钱再多、再富裕也不能浪费呀！

在现实生活中，我们经常看到，有不少地方在婚丧嫁娶、朋友聚会、举办各种宴请时，有些人为了讲排场、摆阔气，大摆筵席，为了"面子"铺张浪费，为了"面子"挥霍无度，为了"面子"丢弃餐桌上未吃完的饭菜。好端端、香喷喷的美味佳肴，有的甚至还没动筷子，就被倒入垃圾桶中，实在可惜。这种"面子"实际上是一种病态心理。

这种奢靡之风很值得人们思考。在这些丢弃的饭菜中，每一个馒头，每一棵蔬菜，每块鸡鸭鱼肉，可以说，每一个品种的生产周期都是漫长的，从耕耘播种，培育管理，收获加工，采集制作，再到匠心独具的烹调，不知花费了多少人的心血，劳动人民不知流了多少汗水，投入了多少成本，付出了多少艰辛，才端到餐桌上，供人们享用，可谓是费尽千辛万苦。可如今，为了"面子"，把它丢弃，难道就不心痛吗？忍心吗？

　　这种"舌尖"上的浪费，心理上的病态，是奢侈之风、腐败之风的表现。任其泛滥危害极大。不仅会浪费掉大量的钱财物资，也必然会败坏社会风气，玷污人的灵魂，使一些人丧失良知，忘掉节俭，背离传统，形成一种不良的社会风气。

　　艰苦朴素、勤俭节约是我们中华民族的传统美德。历史发展到今天，这一传统美德并没有过时，应当继续发扬、继承才是。应该认识到，节俭之风是高尚的品德。实际上当前大力倡导的节约能源，过低碳生活，与勤俭节约是一脉相承的，是密切相关的。

　　面对严重的浪费现象，很有必要大力倡导一下节俭之风，晓之以理，导之以规，唤起广大民众建章立制。从传承文明的心理上，从珍惜劳动人民的成果上，从保健医学的角度上，从维护道德观念上，提高对"舌尖"上的浪费、餐桌上的丢弃行为的认识。在人们心里树起警示的尺度和盾牌，让人们在吃喝宴请时，随时想着节俭为美，浪费可耻。在宴请选菜的时候，想到节俭可贵，适可而止。在吃饭就餐时，想到防衰老莫吃饱，少吃为好。同时，在酒足饭饱之后，对没吃完的饭菜不要丢弃，不能丢弃，丢弃可耻，丢者受罚，吃不完兜着走。对此应视为一种文明时尚的行为，是保护"面子"的行为。为此，必须加强群众监督、新闻监督、行业监督，人人参与，坚持不懈，一定会形成高尚的"舌尖"新风。

不文明的背后

随着经济的发展、物质条件的改变、生活水平的提高，人们对精神文明的追求越来越多了，最突出的表现是，许多人的文明意识增强了，说文明话、做文明事的多了，与人为善、助人为乐的人多了，城乡环境变美了，广大群众的衣食住行条件变好了，吃饭讲营养，穿戴追时尚。这是改革开放以来出现的新景象。

然而，在某些地方、某些人身上却仍然存在一些不文明不道德的行为。其突出表现是，有的出言不逊，说话粗俗；有的随地吐痰，乱倒垃圾，乱扔果皮、烟头、纸屑；有的不遵守交通规则，违规横穿马路，开车闯红灯，车辆乱停乱放；有的在医药、食品、生产资料中掺假，以次充好；有的在旅游点、风景区乱写乱画；等等。这些不文明、不道德行为，给广大群众的切身利益带来极大损害，给一个地方的形象产生极坏影响，造成严重的精神污染。

不文明行为对谁都有害，小者给人带来不便，给公共场合造成污染，给别人造成伤害；大者可能危及生命，造成家破人亡。这样的事例，已屡见不鲜。

不文明行为的背后，是贪图小利，占小便宜，图个人方便，图一时方便，是无视法规，缺少公德意识、文明意识、交通意识、整体意识、法治观念。如果说，最初的行为是不良习惯的话，可一再出现，就是严重的道德问题、违规违法问题了。

现在，虽然物质条件好了，有些人文明素质却不高，走在路上，边走边扔果皮、烟头、纸屑；手里牵着宠物，在公共场合来回走动；宠物拉了大便，不做清理，一走了之，给别人留下后患。有些地方，在公共场合竖有文明提示，可有些人却视而不见，我行我素。

文明是人类社会进步的表现。现在经济发展了，物质条件好了，生活富裕了，应该懂得精神文明的重要，用文明的行为保护自己的切身利益，享受自己的权利，享受现代文明。

文明是倡导出来的，需要晓之以理，导之以规。文明是学出来的，需要提高认识，提高思想素质，否则是文明不起来的，会出现精神危机，很可能会因为行为不文明，给自己带来麻烦、危机、灾难。文明是培养出来的，需要全社会共同努力，互相监督，互相促进。同时，在一定意义上说，文明是罚出来的，对无视法规、以身试法、顶风作案者，应绳之以纪，严肃处理。

文明是个动听的名词，文明城市、文明单位是光荣的称号。享受现代文明，是许多人的向往与追求。但是，我们必须为其付出努力。

中国是文明古国，每个人都应该认识她的价值，珍惜这个宝贵的称谓。在日常生活中，我们每个人应该用自己的行动为她增辉。现在，我们国家已步入盛世，应该珍惜这一现实，增强文明意识，去掉不良习惯。历史发展到今天，我们是否可以这样说，我们是中国人，是现代人，应该做文明人，应该从自己做起，做创造建文明的使者，为创建文明做出应有的贡献。

爱说"闲话"是病态

　　世态万象，无奇不有，什么样的事都会出现。就拿疾病来说吧，由于各种因素的影响，人在成长过程中，不仅肉体上容易生病，思想观念、精神理念上也会生病。比如，有些人爱说"闲话"，挑拨离间，搬弄是非，你能说这不是病态吗？

　　爱说闲话的人，心无主见，听风是雨，心态浮躁，我行我素。整天东走西闯，搜索情报，传递消息。这类人眼尖耳长嘴巴快，爱听"闲话"，爱说"闲话"，爱传"闲话"，爱管"闲事"，经常做些添油加醋、煽风点火类的工作，弄得四邻不安，家庭不和，夫妻争吵，朋友反目。好端端的一个单位、一个家庭或一个社区，被他搅得鸡犬不宁，你能说这不是病态吗？

　　凡是患有爱说"闲话"疾病的人，在他居住的地方或工作的单位，生活的环境就是他施展"闲术"的场合，经常无聊地散布别人的"闲话"，污染空气，毒害环境，常常弄得一个地方不起火也得冒点烟，让你静不下来，休想过平静的生活。

爱说"闲话"的人，有几个显著特点：

一是心术不正。他说闲话的动机、目的不是帮助人、挽救人，而是害人、整人。

二是思想意识不好。他是拿别人的是非当笑料来散布。

三是用心不良。他是想通过此种方法来置他人于死地。

四是动机不纯。他是乘人之危，打击别人，抬高自己。

如今是盛世年华，人们都在追求和谐文明，喜欢在优美的环境里过平静的生活。而那些爱说闲话、搬弄是非的行为，显然与此格格不入，且对人们的正常生活有百害而无一利。

病态严重，危害很大，民心厌恶，何以治理？我想，最好的办法是：

一、提高自我防范能力。

二、善意劝告，促其遏止。

三、不听不信，不予理睬。

四、适当时候予以揭露。

五、对造成危害、酿成恶果者，严肃处理，使其得到应有的报应。

在法律约束下生活

我国是法治国家。法治是"依法治国"的简称。国家运用法律手段管理国家，实行有法可依、有法必依、执法必严、违法必纠的原则，这就是社会主义的法治。

我国的法律法规体现无产阶级的意志。凡是国家制定和认可的法律、法令、命令、条例、决议、决定、指示、规划、章程等规范性文件和国家认可的判例、惯例等，都属于法的范畴。国家的法律、法规是制约性的，在一定情况下，明确规定哪些是必须做的，哪些是可以做的，哪些是不许做的，这就是行为规则，或者叫法律规范。

按照宪法和法律规定，每个公民都享有基本权利和基本义务。这就是说，每个公民既受法律的保护，也受法律的制约。

遵守和履行法律法规是每个公民的责任，每个人都应树立法治观念，养成在法律约束下生活的习惯，坚持依法办事。有法可依，依法办事，不仅是执法部门的事，也是每个公民的事。只有大家都学会在法律约束下生活，法律才能成为法宝。

然而在现实生活中，有些人法律意识淡薄，无视法律法规，有法不依，违法不纠，执法不严。有些人法律意识不强，明知故犯，顶风办事，或依仗权势，以权压法，或抱侥幸心理，信奉"撑死胆大的，饿死胆小的"哲学，把"入黑钱"、请吃喝视为"万能钥匙"，认为逮住了找人说情、花钱摆平，逮不住就侥幸发财。正是这种思想作怪，使有些人目无法规，胆大妄为，以身试法，该付的工资赖账不给，该缴的费不缴，该办的证件不办。本来一个人只能办一个身份证，他却办两个、三个。有的失职渎职，玩忽职守，使国家、集体或某些个人蒙受巨大经济损失。

如此等等，这些违法违规行为，给国家、社会、个人的基本权利和切身利益，造成极大伤害，必须依法治理。

谁都知道，国家制定法律、法规，就是为了解决有法可依问题。而要使法律、法规真正发挥应有的作用，还必须建立相应的司法机构和制度，对违反法律、法规的行为给予必要的制裁，才能做到有法必依，执法必严，违法必纠，否则，再完善的法规，也只能流于形式。

同时，还应认识到学会用法律约束自己的行为，体现一个人的政治觉悟、思想品德、法律意识、法治观念。

学会在法律约束下生活，对每个人都十分重要，也非常必要。所谓在法律约束下生活，就是人们要学法、知法、懂法、守法，自觉执行法律，坚持依法办事，养成在法律约束下生活的习惯。这样做对国家、对社会、对家庭、对个人都大有好处。

古今中外无数事实证明，管理国家、治理社会没有法律不行，"没规矩不成方圆"。没有法规，无法无天，为所欲为，会是什么样的社会是不可想象的。

由此我想到，在共产党领导下，全国人民经过前仆后继、流血牺牲、艰苦卓绝的斗争，建立起来的无产阶级政权，实在来之不易，必须用法律来保护她，而且，还要不断地发展、完善、巩固、提高。只有坚持依法治国，才能使我们的国家政权更加巩固，国家更加富强，社会更加文明进步，生活更加美好幸福。

休闲品趣

深切的怀念

  我一生中得到过许多好心人的关心、帮助，如果不是他们的关心、帮助，我肯定不是现在的我。我十分感谢他们，也十分怀念他们。

  我一生中有过许多坎坷、磨难。在日常生活中，碰到过许多不懂、不会或者力不从心的事；在工作中，遇到过许多因知识不足、经验不足而力不能及的事；在待人处事方面，也有过许多困惑和苦恼。

  这些问题是怎么解决的呢？是许多善良的人、热心的人、关心我的人，给我指路，教我方法，鼓励我，帮助我，支持我。这些人工作上为我提供机会，生活上为我创造条件，无数个关心、支持、帮助、鼓励，使我获得精神上的安慰，这是十分可贵的。许多人的帮助使我增长了知识，从不懂到懂，从不会到会，从不知到知，提高了生存能力、适应能力。我深深体会到，我的许多知识、经验、工作方法，以及成长进步，都是在许多亲人、友人、恩师们的关心、呵护、支持、帮助下获得的，甚至有的是对我有不同意见的人的帮助。

亲人的帮助，表现在养育、呵护、关心、体贴、鼓励等方面。友人的帮助，表现在工作、学习、生活上的积极支持、热情相助。恩师们的帮助，表现在发现我、培养我、支持我，给我提供工作、学习机会等方面。而对我有不同意见的人，对我的帮助是批评指正，促使我低调处世，谨慎处事，严以律己，不得意忘形，不忘乎所以，不断地提醒自己，审视自己，修正自己，发奋图强，努力工作，用行动证明自己，认认真真地走自己的路。

　　我想，一个人一生中有许多事是一个人无法解决的，需要请教于人，求助于人。需要向别人学习，与人合作共事。

　　一个人从初出茅庐步入征程，就应树立拜能者为师、虚心向别人学习的态度，树立向先人、前人、名人、伟人学知识、学技术、学经验、学本领、学做人的理念，学习待人处事的方法，学习工作经验，学习生活知识，学习历史知识、理论知识、文化艺术知识等。

　　一个人的成长进步，凝聚着无数人的汗水和心血。人的一生，不管自己如何发展变化，自己的事业如何辉煌，知识如何渊博，技术水平如何高深，都不是自己一个人努力的结果，而是许多人给予帮助的结果。什么时候都不能忘记曾经关心、支持、帮助过自己的人。生活中应有感恩心态，思慕、怀念也是一种感恩。

我请儿孙当老师

　　我有一群逗人喜欢的儿孙,他们大多具有天真活泼、爱说爱笑、爱动脑、好学习、勤奋努力、执着追求的性格。他们生长在好时候,遇到了好机会,大多受过高等教育,或经过自学考试、专业培训,获得一定的知识和技能。目前,儿女们在各自的岗位上,正踌躇满志地工作。孙辈们年龄稍大的,已相继读完大学,步入社会,走上工作岗位。有两位小不点儿正在"苦读寒窗"。据我所知,儿孙们在学习和工作中,都是很努力的,一直坚持任劳任怨、爱岗敬业、勤奋务实的作风。在工作和学习中,不断有新的成绩、新的进步,不断有好消息向我报告。

　　在茶余饭后、闲暇心静的时候,我喜欢品味儿孙们刻苦学习、顽强拼搏、执着追求的精神,回味他们辛勤耕耘、不懈努力、孜孜以求的成长过程,更喜欢分享他们在学习、工作、生活上获得的成绩。每当在报刊上看到发表他们的文章或出版的书籍时,我都兴奋不已。有时在与他们交谈中,或在电话里听到他们又获得了新的进步时,我都激动不已,这是最开心的喜事。

　　孩子是老人的精神寄托、未来的希望。儿孙们的健康成长使我深感欣慰，他们的不断进步是对我最大的安慰。欣赏他们的成长进步，我深感自豪；看到他们工作上、学习上取得的成绩，我深受鼓舞；品尝他们取得的成果，我觉得很幸福。在与他们接触中，我认识到，青出于蓝，后来者居上，他们在许多方面已经超过了我，我绝不能用老眼光看孩子。

　　在享受天伦之乐中，我逐渐认识到，儿孙们身上有许多值得我学习的地方。比如在电脑、手机、数码相机等方面，有许多新知识、新技术，我不懂不会，应该拜他们为师。我这种想法向他们透露后，得到他们的赞许和支持，及时为我安装了电脑，教我使用方法，还教我如何使用手机、数码相机等。对我的写作爱好更是大力协助，帮我打印，纠正错别字等。就这样，他们认真教，我虚心学，不会就问，忘了再问。我学到许多新知识、新技术，增添了乐趣，充实了我的业余生活。

　　使用电脑打字，我不会拼音，他们就教我手写的方法，大大提高了写作效率。在使用数码相机中，教会我许多使用功能。在读书方面，为我提供了许多书籍和查阅资料的工具书，以及有关文学、历史、人物传记等方面的资料，丰富了学习内容，开阔了视野，满足了心理需求。

　　孩子们是新的一代，成长在新时期，与时代同成长，代表青春，代表未来，是新生事物的积极追逐者。在他们身上有许多新知识、新技术、新思维、新观念，是值得老年人学习的。我觉得，为了享受时光，安度晚年，愉快生活，应该拜儿孙们为师，虚心向他们学习。实际上，老年人寻找新的乐趣，愉快地生活，也是对孩子们的安慰，能使他们更好地集中精力学习知识，献身事业，干好工作。

　　虚心向儿孙们学习，是一种新的思想观念、新的生活方式。在教与学的过程中，老年人感受青春活力，能滋润衰老的心；年轻人目睹老有所为，老有所乐，退而不休，感受老年人的积极心态，也是由衷地高兴。

老习惯与新情况

人的习俗、观念是在一定的条件下形成的。不同时代、不同阶段、不同年龄会有不同的经历和感受,也会产生不同的习俗和观念。

我是从解放前走过来的人,经历过解放前后不同时期的感受,往日的经历在生活习惯上打下很深的烙印。

随着时间的推移,老习惯、老观念经常与新生活、新观念发生碰撞。现在,新潮时尚的东西在人们的视野里、生活中逐渐占据上风。推陈出新,更新换代,成为必然的趋势。日新月异,千变万化,成为当下的景象。对此,我有很深的体会。

到宾馆吃饭不会点菜

在漫长的岁月里,我经历过解放前食不果腹、吃糠咽菜的生活。当时的感觉是,处境困难,无能为力,很无奈。参加工作后,经历过低标准、瓜菜代的生活。当时的感觉是，解放初期，尚有困难，能够理解。在20世纪五六十年代，经常下乡工作，在农民家吃派饭，农民做啥吃啥，大多是五谷杂粮、粗茶淡饭，觉得农民很亲切、很温暖。后来回机关工作，在机关食堂吃饭，多是馒头、面条、普通蔬菜，有时肉片汤、炸酱面或捞面条等，觉得很实惠。"文革"后，多是在自己家里吃饭。

再后来，特别是改革开放以来，一切都在发生变化。生活节奏、生活方式、生活质量都发生了新的变化。尤其从工作岗位上退下来，过休闲生活，有时亲朋好友相聚或儿女孙辈们约请到宾馆、饭店吃饭，这个时候，往往会遇到尴尬，让我点菜我不识菜谱，不会点菜。说实在的，有些菜不仅没吃过，连见也没见过，不知道点啥，甚至也不知道咋吃。在吃的时候只好请教别人，或看别人怎么吃自己就学着吃。

对眼前发生的这些变化，我有尴尬，也有欣慰。尴尬的是不能与时俱进，思想落后了；欣慰的是，觉得这是时代的进步，是国家富强的表现。自己很幸运，赶上了好时候，过上了好日子，感觉很幸福。

不过，有时也有点忧虑：这样下去会不会吃出病来？艰苦朴素、勤俭节约的作风会不会逐渐消失？这仍然是"杞人忧天"的流露。

中山装穿不出去了

我对中山装一直很欣赏，20世纪几十年中一直穿中山装。我一直认为中山装庄重儒雅，是传统的礼服，穿上可体的中山装，不论在什么场合出现，都会显得文雅、得体、有气质。可现在却与它渐行渐远了。不是不想穿，而是在日新月异、千变万化的今天，穿着中山装，行走在大街上，出现在人群里，会显得很突出、很特别、很显眼也很孤独。其实，我有好几套上世纪精心制作的中山装，都在柜子里放着，一直找不到穿的机会，受新潮时尚的影响，只好紧跟时代。有时我想，美丽与时尚是紧密相连的，设计师、缝纫师们开动脑筋为人们精心设计、制作出许多质地优良、款式新颖的新服饰，体现紧跟时代。新潮时尚的服饰，反映新的精神面貌，彰显时代精神。看多了，看惯了，也想通了，觉得的确不错。

类似这样的事还有很多，比如买自行车，过去喜欢买加重的，那是为了带人、带东西方便；现在喜欢买轻便的、小型的，游玩时用着方便。
　　时代不同了，观念应转变。社会不停地向前发展，事物不断地发生变化，新事物层出不穷，要想使自己的思想适应新的情况、新的形势，必须与时俱进，不断学习，更新观念，紧跟时代步伐。

老人的新鲜事

我喜欢乐观地生活，看到生活中出现的某些新鲜事，心里特别高兴。就以老人为例，我觉得，现在许多老人的精神面貌发生了显著变化，变得时尚了，年轻了，好看了。在他们身上，出现许多新时尚。从他们身上，能看到改革发展的成果，看到物质、文化生活的提高，看到新时期新生活的亮点。

乐观的人多了。改革开放以来，广大群众安居乐业，衣食无忧，幸福指数提高。许多老人发自内心地乐观起来。他们乐在心里，笑在脸上。乐观的心态使许多老人健康长寿。人最宝贵的是生命，生命最宝贵的是健康。老人乐观了，自然也就健康了。

爱"俏"的人多了。生活条件好了，富裕起来的老人也学会打扮自己，懂得提高自己的形象，享受现代文明，用自己的劳动成果打扮自己是对现实生活的热爱，对新时代的追求。

喜欢"跳"的人多了。现在许多老人懂得健康的重要，利用各种有利

条件积极参加自己喜欢的娱乐活动，如唱歌、跳舞、演出、模特表演等。适度的锻炼运动，使许多老人心态乐观，健康长寿。

懂得浪漫的人多了。过去有人说中国人不会浪漫。我想，那是因为条件不具备。现在条件好了，许多人学会浪漫了，假日旅游、亲友欢聚、夫妻牵手、拥抱接吻、唱歌、跳舞等，丰富多彩的文化生活比比皆是，已经成为平常人的精神需求。

现在走在大街上、公园里到处都可以看到老人们相扶相搀、牵手相伴的身影。这既是爱心的表露，也是生活的需要。爱情、亲情需要牵手，年老需要搀扶，这在过去是不多见的。

学会幽默的人多了。时代不同了，人的性格也变得开朗了。爱说爱笑，调侃取乐，这也是新时期的新亮点。幽默、调侃是一种心情，也是生活的艺术。人际交往中学会幽默能润滑生活，能增添和谐因素。

业余爱好多了。新发展、新变化使许多老人精神焕发，只要留心就会发现，到处都有老人们从事的各种爱好活动，养花的、玩鸟的、钓鱼的、打牌的、下棋的等。有的随身携带收音机、唱戏机，边走边听，悠闲自得。这也是新时期老人群体中的新景观。

主人翁意识增强了。许多老人大局意识、整体观念增强了，更加关心国家大事。对维护国家利益、名誉、地位、尊严增强了责任感。对贯彻执行国家的方针、政策、法律、法规，提高了自觉性。

讲究养生保健的多了。不少老人有过艰难度日"饥不择食"的经历，那是不得已而为之。现在条件好了，许多人懂得养生保健的重要，重视养生，坚持合理膳食，戒烟限酒，适度运动，生活有规律，获得了健康的身体。

观念一变气象新。老人们的新鲜事，表现在身上，实际上是思想观念的转变，变新了，变美了，体现的是时代精神，展现的是新潮时尚。

对我一生有用的话

在长期的工作、生活、学习中，我通过耳闻目睹、洞彻领悟、实践体会积累了一些感受深刻、富有哲理，对自己有启迪、激励、告诫作用的话。我视其为启示录，经常翻阅，深感有益。

（一）

读书是向先人、前人、伟人学知识、学本领，贵在坚持。
读书、学习体现一个人的进取精神，持之以恒，必有所悟。
自学不怕起点低，长期坚持，必有所成。
读书学习，最重要的是培养自己的自学能力、主动精神。
为了生存发展，成长进步，一生都需要学习。
求知在于勤奋，读书贵在博览。

（二）

有理想，有信念，有追求，才有希望。

理想是精神的支柱，信念是前进的动力。

党章是行为的准则，誓词是信守的诺言。

信守诺言，恪守准则，牢记宗旨。

人必须有理想、有信念，培养良好的志趣。有理想、有信念、有毅力，实现目标只是早晚问题。

（三）

一个人最大的成熟是认识自己。

人贵有自知之明。认识自己是清醒，是生存智慧。要客观地评价自己，恰当地把握自己，不断地审视自己，及时地修正自己。

得意时淡然，失意时坦然，坎坷艰辛必然，历经沧桑悟然。

时时提醒自己，不忘乎所以，不得意忘形。

注意形象，想到后果。

发挥自己的长处，认识自己的不足，纠正自己的缺点，履行好自己的职责。

命运就掌握在自己手里，成功与否，主要在于自己是否努力。

多一些理解，少一些埋怨。埋怨越多，误会越多。

生活中应有感恩心态，不忘记曾经帮助过自己的人。

人的一生，从普通起步，又回到普通，平平常常才是真。

（四）

人的一生，有许多事是一个人难以解决的，要学会广交朋友，与人合作共事。

聪明的人，有才华的人，想成就一番事业的人，都非常重视人际关系。

一个人，想成就一番事业，除了自己的努力，还需要别人的相助。

好朋友是不吝赐教的良师，是直言不讳的诤友。

朋友是用真诚、美德打造的。

淡泊名利，恬淡寡欲，知足常乐。

与人为善，助人为乐，与一切善良的人和谐相处。

（五）

沧桑使人历练，阅历使人成熟。

生命诚可贵，有为价更高。

人生总是一波三折，不可能事事如意。

人的一生，饱经风霜，历经沧桑才珍贵。

苦难的高贵在于不屈不挠，坚韧顽强。

人生最宝贵的是坚强。

磨难考验人的意志，锻炼人的智慧。

笑对人生，艰难何惧，雄关迈步，勇往直前。

（六）

兴趣是最好的老师。

寻找快乐，享受人生。

学会乐观地生活，超然豁达，坦然自若。

人最宝贵的是生命，生命最宝贵的是健康，健康最宝贵的是快乐，快乐最宝贵的是自得其乐。

（七）

学会放弃是智慧，是一种理性的选择。

生活中有许多多余的东西，要学会放弃，勇于割舍。

有时退一步是为了更好地前进。

善于放弃才会有新的机会。

"小不忍则乱大谋"应成为一生的座右铭。

（八）

现在是过去的将来，也是将来的过去。今天是历史的台阶，明天是历史的延续。一切都在发展变化。承前启后，继往开来，开拓创新，追求更好。

今天的幸福是过去奋斗的结果，明天的美好靠今天的努力。

成功是汗水换来的，胜利是牺牲换来的。有耕耘才有收获，有付出才会有回报。

珍惜生命，热爱生活，莫把生命浪费在碌碌无为上。

人最怕的不是疾病，而是丧失意志。

欣赏成就，品尝成果，领略愉快，享受幸福，向往美好，憧憬未来。

这些对我有用的话，伴随我一生，影响我一生，是我工作、生活、学习中的好伙伴、好帮手。在人生历程中，不断地给我增添智慧和力量，也给我启迪、鼓励与警示，我深感可贵。

注意形象　想到后果

现在，不少地方、不少人都非常重视形象，喜欢宣传形象，树立形象，美化形象，创造形象。

形象是什么？形象是某一事物的具体形态或姿态。形象给人的印象大多是直观的，能看得见，摸得着，感受得到。形象产生印象，印象影响认识。形象涉及面广，影响深远。形象表现在许多方面，有表现在某个地方、某个单位、某种物品、某一事物上的，有表现在某个人身上的。形象直接影响别人的看法。

应该说，重视形象是对的。因为，好的形象能体现真、善、美，是一面旗帜、一种榜样，有启迪、激励、鼓舞、推动作用。好的形象能启迪人效仿学习，激励人勇敢向前，鼓舞人振奋精神，推动人积极进取，奋发向上。

好的形象，确实讨人喜欢，令人羡慕，能给人带来积极向上的力量。不好的形象，假、恶、丑的形象，则适得其反。

但是，形象是可以变的。可以变好，也会变丑；可以美化，也能创造。

形象有好坏之分、真假之分。好的形象,既有内秀,也有外慧。不好的形象,往往表里不一,或者表面好看,里边糟糕。所以,看形象必须透过表面看到实质,不能满足表面现象。

有位哲人说得好,注意形象,想到后果。这话说得很中肯,富有哲理,对每个人都有启迪、告诫、警示作用。它一方面提醒人们要重视形象;另一方面告诫人在树立形象、宣传形象、表达形象时,要想到后果、效果。尤其要想到不好的、不真实的形象,以及假、恶、丑的形象可能造成的损失、危害、后果。事实上,一个人无论在哪里,总会与别人相处、相识、交往,你观察别人,别人也观察你,你的言谈举止,你的形象如何,都在人们的视野里。要清醒地认识自己、审视自己、把握自己,要经常警示自己,注意形象,想到后果。

我想,宣传形象、树立形象、表达形象其目的在于宏扬真、善、美,传播正能量;在于宣传优秀的文化、优良的品质、成功的经验、崇高的精神;在于激励进取,增强信心;在于扩大影响,创造商机,促进生产,推动工作。唯真实才可信,唯善意才美好。

其实,任何事物都是一分为二的,形象亦如此。好形象鼓舞士气,增添光彩,提升影响力,产生正能量;不好的形象、虚假的形象,以及假、恶、丑的形象,必然会产生消极影响。好形象是文明的表现,虚假形象是不文明、不道德的行为。

值得注意的是,在现实生活中,有些地方,有些人,为了追逐名利,谋取私利,人为地制造虚假形象,搞不文明、不道德的形象。有的凭自己的主观想象,搞违背民意、脱离群众的项目。有的利用手中的权力,搞劳民伤财的形象工程。有的盗用别人的名义,制造假冒伪劣产品。有的在生活上随心所欲,为所欲为。这些行为给人的印象是假、恶、丑,不仅无益,而且有害。有的已经造成严重损失,产生不良后果。因此,在宣传形象、树立形象时,必须想到后果、效果。要坚持实事求是、从实际出发的原则权衡利弊,对因此而造成的不良后果必须严肃查处。

健康寄语

人最宝贵的是生命,生命最宝贵的是健康,健康是生命的活力。健康的关键在养生,养生有道,益寿延年。

"脸皮厚"能长寿

有这样一句俗话,叫作"脸皮厚,能长寿",听起来颇感有趣,耐人寻味。过去有过"脸皮厚,能吃肉"的说法,其前提也是"脸皮厚"。看起来"脸皮厚"挺受人关注。"脸皮厚"这个词可能在别的地方还有用场。

把"脸皮厚"与"能长寿"组合在一起,我很赞赏,因为将"脸皮厚"用在此处,不仅生动有趣,而且确有道理。据我了解,人们在这里所说的"脸皮厚",并非贬义,而是趣谈,是人们在长期的生活实践中,在与人相处交往中,对那些脾气好、度量大、能容人、热心肠、心胸坦荡、性格豁达的人的一种比喻,也是对因此而健康长寿者的肯定。

据我观察,社会上有这种气度的人有不少。他们存在于人的心目中、印象里。这种人的主要特点是,性格温和善良,心胸开阔坦荡,乐观豁达,热情豪爽;处世谦和忍让,待人诚信友爱;往往遇事想得开,拿得起,放得下,与人交往热情厚道,不斤斤计较,有容人之量。正因如此,在他们周围,在他们的生活中,总是拥有很高的人气。也正是这样,才形成了他们身心健康的条件，打下长寿的基础。

在人的生命里，最活跃的是思想，是精神因素。高质量、高品位的生活，就来自好的精神境界、思想观念。幸福指数是受思想观念、思维方式支配的。"脸皮厚"的人有这样好的精神状态，正是能长寿的重要原因。

"脸皮厚，能长寿"，从健康医学的角度来说，也是有道理的。据有关专家研究，人生气、愤怒时容易产生不良情绪，容易造成内分泌紊乱，导致血压上升、脉搏加快、肌体免疫力下降；有些人因此而诱发多种疾病，如溃疡病、失眠症等。思想消沉、精神萎靡、神情沮丧的人，往往心事重重，情绪压抑，容易产生抑郁症；心胸狭窄、敏感多疑的人，爱生闷气，易生忧郁；性情孤僻、不合群的人，人际关系冷漠，生活单调；行为拘谨、爱面子的人，有虚荣心，遇事压在心里，即使有求于人，也不愿启齿。这些不良情绪都是影响身心健康的不利因素。而性格开朗、乐观豁达、"脸皮厚"的人，因为心态积极向上，遇事"不在乎"，心里没压力，对烦恼的事一笑了之，所以就会使身体增强免疫力，产生抵御疾病的能力，自然也就延年益寿了。

在现实生活里，什么样的事都有。人也是一样，千人千面，什么样的性格都有。生活在人世间，行走于人群中，必须学会处世、交往，提高生活交际能力，学会与人沟通交流、和谐相处。如果都是冷漠、刻板、严肃、拘谨、怯懦、孤僻的性格，在日常生活中，人与人之间没有理解忍让，没有相扶相帮，没有欢声笑语，那就不会有生动活泼的局面和友善相处的和谐。我觉得，生活中很需要"脸皮厚"这样的人。不是有这样的事例吗？有时候，人与人之间发生一些矛盾、误会，经热心人的热情调解，很快就使紧张的气氛在一阵笑声中变得轻松起来。所以说，"脸皮厚"的人是和谐的因素，是人际关系的"调味品"，是消愁解闷的"润滑剂"，是化解矛盾的"和谐素"。在人群中，有"脸皮厚"这样热心肠的人，会给人们带来乐趣，带来笑声，带来和谐。

健康与快乐

健康与快乐是一对好兄弟、好朋友，是一个人生存的基础。健康与快乐是相辅相成的，健康能使人快乐，快乐能使人健康。健康为快乐打下基础，快乐为健康增添活力。

有人说，人最宝贵的是生命，生命最宝贵的是健康，健康最需要的是快乐。这话有道理，把生命与健康、健康与快乐之间的关系说得既明白又富有哲理。

人的生命的确很宝贵，一生只有一次，只有今生，没有来世，谁也无法再活一次，人生没有返程车票。因此，应该珍惜生命，在有限的生命历程中，一定要有所作为，活得有价值。因此，应该珍惜时间，把握机遇，把有限的时光投入到无限的事业上，不能碌碌无为，枉此一生，虚度时光，一定要活得有意义。

生命与健康紧密相连，没有健康的身体会影响生命的质量。严重的疾病甚至会危及生命。因此，要珍惜健康，珍惜健康就是珍惜生命。不重视健康，生活放荡，山吃海喝，就是糟蹋生命。

　　健康与快乐紧密相关，没有健康的身体、健康的心态，就不会有快乐的心情，就快乐不起来。试想，一个人整天闷闷不乐，郁郁寡欢，愁眉苦脸，吃不好，睡不好，犹如大病缠身，肯定会影响身体健康，会降低身体的免疫力，就容易生病。

　　处理好健康与快乐的关系，懂得健康的可贵、乐观的重要，把握好自己，科学地安排好自己的日常生活，使健康与快乐和谐相处，相辅相成，互相促进，这里边有很多学问、知识、技巧值得我们去研究和探索。在现实生活中，许多人已总结出一些经验，积累了一些办法。我想，最重要的是要提高认识。

　　快乐的方法很多，要选择适合自己的积极、健康的活动方式。为了追求健康，生活得有意义，活得有质量，在追求快乐中，应自觉主动地去寻找、追求、培养、创造，并在实践中逐步摸索出一套适合自身实际的快乐方法，长期坚持肯定会大有好处。

话说吃"补药"

在现实生活中，许多人为了延缓衰老，追求健康长寿，喜欢吃一些滋养身体的补品、补药。比如，在食品方面，吃人参、鹿茸、枸杞、大枣、核桃、山药等；在药品方面，吃补锌、补钙的一些药。遵照医嘱，对症下药，适时地吃些补品、补药，无疑对缓解病情、防治疾病、强身健体会产生良好的效果。

吃补品、补药是为了调剂身体的平衡，提高身体的免疫力，增强抗病能力，享受快乐的生活。

健身如此，"健心"如何？实际上，在"健心"方面，也需要吃些"补品、补药"，不然，会产生精神危机。

试想，一个人如果在漫长的人生旅途中，缺少可贵的精神食粮和宝贵的精神营养，没有健康的维护和精心的呵护，任其自由发展，其结果肯定是不可想象的。

人的一生，岁月漫长，现实生活，五光十色，无奇不有。每个人都要经受各种各样的锻炼、考验。而人的抗病能力、抗灾能力、拒腐能力不是生来就有的，而是在生活实践中学到的、练出来的，是在经受磨难中锻炼出来的。

因此，及时地吃些"补品、补药"，滋补一下身体，提前打一些"防疫针"，是完全必要的，是身心健康的需要，谁都少不了，对谁都有用。

预防精神危机，及时吃些"补药"，打一些"预防针"，是促进健康的基本功。综观过去，审视现在，最重要、最需要补的是人们耳熟能详的"常用药"。比如，为了防止欲望膨胀、骄奢淫逸，防止违规、违纪、违法，在通常情况下进行一些法律、法规、纪律、守则、宗旨、章程的教育和社会公德、职业道德、家庭美德方面的教育，以及参观学习一些可作警示教育的典型案例等。这是最基本的教育，也是最好的"补品、补药"。不过，在具体实践中，应坚持预防和治疗的针对性。

补充精神食粮，预防精神危机，在人生历程中应不断进行，而且随着时间的推移，不同时期应有不同的要求。比如，在人生起步阶段，是树理想、立志向的时期，也是打"防疫针、吃补药"的最佳时候，应抓住时机，进行打基础的教育。在事业有成、受人热捧、享受"风光"时，往往会面临许多光环、诱惑，头脑容易发昏。这时候最需要的是清醒，应抓紧补些"告诫、警示、清热解毒"类的药。在快要从岗位上退下来时，应及时补些保持晚节、守住清贫、功成名就、荣归故里的"良药"。即使到告老身退、过休闲生活时，也需要用淡泊名利、洁身自好、永葆美誉的"鸡汤"来温暖自己，安慰自己。

有时也会有另类情况发生，某些人不重视吃"补品"，不愿意吃"补药"，或者由于思想扭曲产生"抗药性"，或者出现疾病缠身，甚至病情严重。这个时候，为了治病救人，也只好下"重药、猛药"，甚至做"手术"了。应该说，这也是一种补救措施。

学会做心理医生

学会乐观地生活，是人们从苦甜酸辣中悟出的哲理。哭也是一天，笑也是一天，何必愁眉苦脸。人的一生，充满发展变化，生活中苦与乐与生俱有，并伴随一生，想拥有乐观的心态，全在于调适。

好心情是健康的重要因素。人都是有思想、有情感的。人的思想、情感都是在不断发生变化的。人的思想、情感是随着时间的推移、年龄的增长、环境的改变、自身条件的改变等诸多因素变化的，既受客观条件影响，也受主观因素制约。变化的结果，可能令人满意，也可能使人不快。由于心理的作用，人的思想、情感在受到触动、刺激时，往往会引起身心异常。

据医学专家研究，人的身体疾病有很多是由心理因素、情绪状况引起的。心理是人生的第一防线，心态的健康与否，直接关系到人生的苦乐。几乎所有的疾病都与心理因素有关，拥有健康的心境是幸福的根本。许多实事证明，好的心境能使人乐观豁达，积极向上；不好的心境会使人闷闷不乐，郁郁寡欢，情绪沮丧，意志消沉。

因此，为了保持心理健康，必须学会自我调节心理，经常控制好自己的情感、情绪。

其实，人的一生，不管在什么样的情况下，思想情感一直都在不停地发生变化，变是必然的、绝对的，不变是相对的。这是自然规律。既然如此，就必须充分认识它、重视它、善待它，学会驾驭它，使其向好的方面转化，变成积极的、愉快的，有利于工作、生活、学习，有利于身心健康。这就是调节心理的目的、意义。

人的一生，有在岗的时候，也有退休的时候。随着环境的变化、生活节奏的变化、活动内容的变化，必须及时调整心理，使自己的心态适应新的情况、新的环境、新的生活。

学会自我调节心理，对每个人都十分必要。因为，在日常生活中，谁都会遇到这样那样的一些心理创伤、精神不快，产生一些烦恼、苦闷情绪。这种情况经常发生，谁都遇到过。重要的是要清醒地认识它，正确地面对它，学会及时地调节、适应，并通过调节，及时排除干扰，消除不良情绪，保持心理健康。

自我调节心理，是一种修养，也是一种生活智慧、生活艺术。实际上只要肯学习，善思考，有悟性，人人都可以当心理医生。

自我调节心理最基本的方法是，要与时俱进，不断学习，学习新思想、新知识、新思维、新观念；学会辩证地看问题，客观地看事物；学会遇事想开点、看远点、理智点，不斤斤计较，不钻牛角尖，对生活小事糊涂点。只要有这样的心境，再大的"心结"也能解开。

生活不能太单调

生活是万花筒，是丰富多彩的。为了充实生活，许多人都拥有好几种爱好，生活得轻松、愉快、潇洒、浪漫。可我有时却生活得单调、乏味，有时从事某一活动长期不变，甚至达到痴迷的程度。据我观察了解，这种情况，不仅我有，在别人身上也存在。比如，有的人打牌、下棋，或看电视、玩电脑，或做其他一些活动，都有过这种情况。

生活过于单调、刻板，把身体局限在某一状态中长时间不变，有损健康。比如下棋、打牌等，往往是一种姿势，一蹲一坐就是半天甚至一天，钻进去出不来，活动少，有的连杯茶水都不喝。这种单调、乏味的生活对身体十分有害。有的打牌，夜以继日，连轴转。有的下棋一蹲半天，为了争输赢，连大小便都不去，硬在那儿憋着。嗜好成瘾，天天如此，这种生活方式，实在有损身心健康。实际上，有的人身体已经出现异常；有的人长期下棋、打牌，身体已经变形；有的人常时间玩电脑、看电视，已经造成眼睛疲劳、视力下降等。

按说下棋、打牌、玩电脑、看电视也是休闲娱乐的形式，把握好时机、方法、节奏，是能够收到娱乐效果的，关键在于自己如何去把握。

乐趣、爱好是生活的元素，是不可缺少的元素，没有不行，少了、太单调也不行。为了丰富生活，必须培养一些兴趣、爱好，而且要多培养一些，尤其应结合自己的实际情况，从有利于身心健康出发。

各种兴趣爱好，是生活的必需品，是人生历程中劳逸结合的体现，是紧张活动后的放松，是享受人生的技巧，是化解矛盾、消愁解闷的调味品、润滑剂，每个人都需要它，而且是一辈子都需要。

享受现代文明、乐观的生活是许多人的追求，其目的就是要提高生活质量，丰富精神需求。但是，选择什么，怎么活动，必须从有利于身心健康出发。生活过于单调，往往使人苦涩、乏味。参与低级、无聊、行为不雅、不文明的活动，不仅会伤害身体，而且会污染心灵，甚至会产生严重的不良后果。

我想，为了积极、健康地生活，一定要开阔视野，把握好自己，把自己业余时间、休闲时间利用好、安排好。

享受清静之趣

生活是一门学问，也是一门艺术。

近几年，我在休闲中学会享受清静之趣，深感快慰。为了寻找休闲的乐趣，每年的春季或秋季，我都与一些老朋友相约同行，到久负盛名的汝州市温泉镇去洗温泉浴，不仅在防病治病方面收到了显著效果，而且在洗浴中得到休闲文化的益处。

在我的印象里，洗温泉是改革开放以来才逐渐热起来的。过去虽然也有人去洗，大多是为了治病。在经济不发达、生活困难时期，人们最关心的是吃饱肚子，对养生保健还认识不足，不大重视。现在不同了，生活好了，思想观念也发生了变化，许多人懂得了养生保健的重要，于是到温泉洗浴的人就逐渐多起来。这种在过去曾经是达官贵人、名人雅士追捧的生活方式，如今已成为广大普通劳动者享受的生活乐趣了。这个显著的变化充分说明，经济发展了，收入增加了，生活改善了，富裕起来的劳动人民也懂得生活的科学和科学地生活，也懂得生活的艺术。

休闲品趣

利用一切有利条件，到环境优美的地方，去放松心态，享受一下安静快乐的时光，体验一下新的生活境界，完全是应该的。老人们曾经为国家、为社会、为家庭、为儿女们辛苦一生，奔波一生，操劳一辈子，历经沧桑，饱受坎坷，去享受一下，会使他们衰老的心年轻起来。

到温泉休闲洗浴，实际上是一种文化、一种修养。在洗浴中有许多有益健康的知识、充满乐趣的活动。只要你科学地安排好时间，可以找到许多有益身心健康的乐趣。首先是摆脱了城市中的喧闹，到环境清静之处，静下心来，疗养一下身体。其次是在洗浴间隙，可以与亲朋、浴友结伴同行，去湖边、溪旁捕鱼捉蟹、登山赏花，到林中听鸟叫虫鸣，到田间散步赏景，可以看到一望无际的田园风光和农民忙碌的身影；还可以到健身场地，选择自己喜欢的器材进行活动，或到娱乐场地唱歌、跳舞，或利用休闲时间读一些自己感兴趣的书，滋润一下心灵。总之，只要你放松心态，用心去找，就能找到回归自然的轻松、超然世外的安静，以及和亲朋、浴友在一起谈天说地的快乐。同时，在休闲清静中，还可以梳理思绪，回首往事，品味自身的变化，感受如今的幸福。利用休闲时光，去温泉洗浴，或到环境优美的地方去享受清静，不是一般意义上的玩乐，而是放松心情，强身健体，从而有一个好的身体安享晚年。

用智慧享受生活

享受是最愉快、最幸福的事。享受是一个人对物质或精神上的满足。然而，由于每个人的思想观念、思维方法、生活习惯、兴趣爱好及其他一些条件的不同，对享受什么，怎么享受，在认识上、追求上就有所不同。有的人，懂享受，会享受，利用各种有利条件和机会，使日常生活过得丰富多彩，积极向上，有滋有味，从享受中获得可贵的精神满足。有的人，不懂享受，不会享受，行为拘谨，生活单调、古板、乏味，让许多可贵的时间和机会从身边溜走。

我觉得，在改革发展的今天，随着各项事业的发展、变化，应该与时代共前进，学会享受现代文明、现代生活。事实上，党和政府已经为我们创造了许多可供享受的条件和机会。因此，必须转变观念，开阔视野，提高生活的适应能力，学会享受新生活。

新生活是时代的产物。现在是改革发展的新时代，展现在人们面前的，出现在生活里的，是许许多多的新发展、新变化。过去在艰难度日、艰苦

休闲品趣

奋斗的岁月里，人们想得比较多的是如何摆脱贫困，吃饱肚子，渡过难关。现在我们赶上了好时代，自然就会想到好日子怎么过，如何享受新生活这样的事了。

其实，追求享受是人的本能，喜欢享受是人的天性。应该说，享受幸福愉快的生活这种欲望是许多人都有的，即使在极其困难的情况下，在战争年代，在困难时期，人们也有享受的欲望，也有向往美好、寻找快乐的心理要求。比如，在取得胜利，打了胜仗之后，开个庆祝会、联欢会，改善一下生活，组织唱歌、跳舞等，用非常简单的形式表达喜悦的心情，这也是享受，而且是实实在在的享受，是实现理想的享受。它的鼓舞、激励、促进作用是相当大的。

现在不同了，现在可供我们享受的条件、机会多得很。比如享受时光，享受生命，享受健康，享受幸福，享受青春，享受爱情，享受宝贵的学习机会，享受改革开放的成果，享受自己辛勤劳动的财富，还有我们自身所具有的文化知识、专业技能、特长爱好、人际关系等。重要的是我们要正确地认识它，发现它，运用它，用好它。懂享受、会享受的人，往往利用各种有利条件和机会，获得精神上的满足。比如，有的利用充裕的时间，学文化，学技术，学知识，享受时光，充实自己，为继续前进实现新的目标积蓄力量；有的利用优越的环境，与家人携手同游，漫步林间溪旁，同享大自然风光；有的利用外出参观访问的机会，开阔视野，领略异域风情；有的利用休假时间，探亲访友，畅叙亲情、友情；有的告老身退后，积极寻找乐趣，欣赏音乐戏曲，书法绘画，摄影照相，唱歌、跳舞、种花、养鸟等，充分享受休闲之趣。还有一些人，不管在外边当什么"官"，回到家里，走进厨房，亮一手好厨艺，一家人欢聚一堂，其乐融融，这也是一种享受。

学会享受，实际上是一种修养、一种气度，从享受中能窥视出一个人的心态、品格。懂享受、会享受的人，在享受中善于把握时机，权衡利弊，理智处事，并能从享受中悟出许多人生哲理，丰富自己的阅历，不断地调整心态，改进自己，改进工作，完善自我。

享受是愉快的事，因为它能给人们带来精神上的满足。需要提醒的是，在享受中不能忘记感恩，因为我们今天拥有的享受条件和机会，是先人、前人为我们创造的，是全党、全国人民经过艰苦卓绝的努力、前仆后继的奋斗得来的，是许多人用流血牺牲、挥洒汗水换来的，我们应该感谢他们。再就是，不能一叶障目，不思进取，要继续努力，继续付出，想到他人，想到未来。没有付出，哪儿来的美好？不继续付出，好日子是不会持久的。还有，要清醒地享受，理智地享受，不要陶醉，不要贪婪。如果头脑发昏，失去理性，就会产生不正常的享受。值得指出的是，那种一掷千金、挥霍无度、损人利己、危害健康、污染环境的所谓享受，是绝对不可取的。

精神养生四件事

日常生活有许多需求，除物质方面外，还有精神方面的需求。因此，加强精神养生非常重要。精神养生最基本的要素有四：

一是善良。"人之初，性本善"，善是人的本性。但是，真正懂得善良的意义，做到慈悲为怀，善良处世，还需要在生活实践中不断学习，加强修养，逐步完善。

善良是一个人对人、对事、对生活发自内心的热爱。善良是一种道德修养。善良的人常常严以律己，宽以待人，把社会公德、职业道德、家庭美德看得高于一切。

善良的人，心胸开阔，与人为善，常常在帮人解困、助人为乐中获得广泛赞誉。予人玫瑰，手留余香，自己也得到快乐。

常言说，养生之道，贵在养德，施善可积德，积德能长寿。善良不仅是立身处世之本，也是健康长寿的重要条件。

善良能化解矛盾，促进和谐，增强文明意识，提高生活质量，能给人带来快乐、健康、幸福。善良是精神养生中最重要的元素。多一些善心、善举，就会多一些和谐、文明、美好。

二是宽容。宽容是什么？宽容是一种良好的心态，宽容是洞察，是博大，是境界，是处世智慧，是人际关系的润滑剂。宽容的人，心胸开阔，世事洞明，看问题客观，常常用宽容的眼光看世界、看事物、看家庭、看待亲朋好友。宽容的人，胸怀博大，豁达大度，遇事善于包容、忍让、谅解、克制，为了化解矛盾，消除隔阂，甚至甘愿退让、吃亏，做出牺牲。宽容不是软弱，忍让不是怕别人，而是一种胸怀、一种崇高的境界。

宽容是一种非凡的气度、生活的智慧，是处事的艺术。宽容是一门必修的学问，学会宽容就学会了关心人、尊重人，懂得如何做人，如何与人相处，如何善待自己。如果大家都学会宽容、忍让，社会一定会更加和谐、文明、美好。

三是乐观。乐观是一种心态。乐观来自正确的人生观，有了正确的人生观，胸襟旷达，视野开阔，站得高，看得远，看人看事能从大处着眼，不计较个人得失，不为一时一事的挫折而烦恼。

心态乐观的人，思想活跃，精力充沛，对生活充满信心，对未来充满期待，生活中有动力。乐观的人，脾气好，度量大，心境好，人气高，经常与快乐相伴，笑着面对生活，活得健康有趣。乐观的人，大多身体无恙。常言说，乐观身体好，乐观能长寿。这是因为，人在快乐时脑内会分泌出一种物质，有助于缓和精神紧张，产生免疫力，能防御疾病。

四是淡泊。人生贵淡泊，淡泊是清醒。淡泊不是胆小怕事，淡泊是一种处世方法，是一种生活智慧，是一种生活艺术。

人的一生，既需要辛勤劳动，也需要休闲享受。人的一生，不能老是忙忙碌碌地工作，应该有劳有逸。在人的一生中，需要的并非都是吃、喝、穿、住、名利、钱财，还需要精神享受、心灵感受，这样生活才有滋味。在辛勤劳动的同时，还需要清静。静下心来享受亲情、爱情、友情，走出去领略风情，感受美丽，享受人生。

淡泊名利，平静生活，在历史上，在现实生活中，有许多好事例。比如，有的事业有成时，仍保持谦虚谨慎，不骄不躁。有的职务提升，手中有权时，

坚持廉洁自律，严格要求自己。有的生活富裕了，仍保持艰苦朴素的本色，不忘草民情结。有的功成名就，受人热捧时，仍能头脑清醒，低调处世。有的在受到不公正待遇，一时无法改变时，仍淡然处之。还有许多奋斗一生、战功卓著的老同志，到告老身退时，及时淡出，过平静的生活。应该说，人的一生，大多数时间是在平淡中度过的，平常、平淡、平凡、平静才是真。

漫漫人生路，欲望无止境。何以是睿智？全在养生中。

常用脑　身体好

养生保健是门大学问，有许多成功的经验可供借鉴，除肢体锻炼外，善于用脑也是一种好办法。常言说：勤用脑，身体好；常用脑，多思考，能健身，防衰老。在现实生活中，通过科学用脑强身健体的经验很多，我也深有体会。

读书。读书是养生保健的好方法。读一本好书，如同交一位好朋友。书中有丰富的知识，有深刻的哲理，有生动的描述，有感人的情节。书能养性，能怡人，能调理情绪，能陶冶情操，能开阔视野，能舒展胸怀，能增长知识，能提高人的气质。通过读书，可以与古人、名人、伟人或者生活在基层的普通人进行心灵接触、思想交流，也可以心游世界，感受风光之美。拥有这样的心境，肯定有益身心健康。

写作。写作是一项有益的脑力劳动，通过梳理思绪，构思谋篇，叙述感悟，抒发心曲，可以起到心理按摩作用。写作的内容，大者如著书立说，小者如记生活日记、读书札记等，都是积极思维、强化记忆的活动。在写作时，作者感情投入，激情满怀，一连串的思维活动，都是大脑运动，每想起一个故事、一段情节、一句精彩的语句，都会产生激情。文章写成后，更加兴奋异常，心旷神怡。如此心情，肯定有益健康。

学习新知识、新技术。新知识、新技术是新生事物、新奇的东西。学习新知识、新技术是追求进步、向往美好的体现。在学习中，一旦取得进步，不仅能更新观念，改变自己，提升自己，而且能振奋精神，增强自信。有向往，有追求，心态好，身体就会好。

再如，参与唱歌、跳舞、书法、绘画、养鸟、育花等活动。这些活动既活动身体又活动大脑，有激活脑细胞的作用，对修身养性、强身健体大有益处。

还有，经常找老友聊天。找老朋友聊天，就是寻找开心，寻找快乐。聊天中，互相开导启发，逗笑取乐，忆过去，说现在，想未来，畅谈对幸福的感受，能找到心理上的满足。置身这样的环境，往往心情愉快，乐而忘忧，忘掉年龄，忘掉疾病，忘掉忧愁。

实际上，生活中有很多有益身心健康的因素来自大脑活动。大脑是用则进，不用则废。勤用脑，身体好。因为用脑与健身紧密相联。经常用脑，善于用脑，科学用脑，把脑用在积极进取、追求进步上，用在寻找乐趣、乐观生活上，且长期坚持，持之以恒，肯定能使脑细胞活跃起来，能防止脑细胞老化。在人的一生中，保持乐观的心态，愉快地生活，经常活动活动大脑，必然会带来健康的身体。

善于修养品自高

品德之美在于养,善于修养品自高。生活中许多方面涉及养。比如,养生、养性、养气、养神、养廉等。可以说,每个人都与养有关,都离不开养。

懂得修养能提高人的气质、境界,学会涵养能控制自己的情绪,蓄积处事的能力。懂得修养,学会涵养,对每个人都十分重要,对一个人的生存发展、成长进步有举足轻重的作用。

一、养生,就是保养身体。养生有道能使身体健康,能延年益寿。随着经济的发展,时代的变化,生活水平的提高,人们对养生保健越来越重视,对有个好身体看得很高、很重。

实际上不论做什么事,如果没有一个好身体,就只能是心有余而力不足,想干干不成,再好的物质条件也无法享受。健康从哪里来?健康是学出来的,是养出来的。许多专家学者都有过告诫,出过高招,提示人们要重视养生保健,要有养生保健的意识,要有乐观的心态,要合理膳食、戒烟限酒、适度运动等。

养生中最重要的是修养。就是要静下心来去思考、体会、感受，认识养生的重要，认真学习养生的方法、技巧，把养生当成事业来做，长期坚持，必有收获。

二、养性，就是修养心性，陶冶本性，修身养性。修身养性的目的是养成良好的生活习惯、性格，去掉不良的习性。

人的良好习性是从修养中形成的。虽然是"人之初，性本善"，但是如果不认真地学，不有意识地养，就会"性乃迁"，就会受不良风气的影响，产生不良习惯。因为在当今社会上，什么样的思想、观念、习惯、性格都有，时刻都在影响着人们的思想。"近朱者赤，近墨者黑。"所以必须重视养性，每个人都要重视修养。

三、养气，就是修养品德，修炼气质。不卑不亢，表达得体，谈吐不俗，张弛有度，精力充沛，形象好，气度佳。胸怀坦荡，豁达大度，待人处事有气度。人的气质、气度与涵养有关，是修炼出来的。有气质的人，往往注意形象，重视后果，不做出格的事。好的气质，会给人留下气度不凡的感觉，在人际交往中，有气度的人常常受人赞美，有气度的人处事理智、果断、有魄力，宽宏大度，气势不俗。

四、养神，就是保持心理和身体的平静。在日常工作、学习、生活中，注意消除疲劳，防止过劳。有些人在接受任务后，心情激动，雷厉风行，顽强拼搏，这种精神是可贵的。但是有的不注意休息，不注意劳逸结合，"宁叫使死牛，不让打住车"，这是不科学的。许多过劳死的教训就出在这里。应该懂得"弦满弓易断"的道理，要学会劳逸结合、张弛有度，学会放松心态、注意休息。

五、养廉，就是培养廉洁的操守。严守纪律，奉公守法，认认真真做事，堂堂正正做人，这是本分。恬淡寡欲，廉洁自律，不为物喜，不为名累，不为色迷，宠辱不惊，安之若素，这是本色。要保持本色，必须加强修养，自觉接受各种监督。养廉最重要的是，要时刻用洁身自好勉励自己，用事业有成激励自己，用纪律法规约束自己，用曾经发生过的事件、教训警示自己，不抱任何侥幸心理，切切实实地耐住寂寞，守住清贫，保持本色。

懊悔不如调侃

生活中谁都会有意想不到、防不胜防的事情发生。比如被盗失窃、丢失东西、不慎失手摔坏东西、买东西上当、买股票跌价等。出现这类事往往会造成心理伤害，产生怨恨、自责、懊悔，我称此为心理"亏损"。

出现不测，造成心理"亏损"，会失去心理平衡，产生情绪沮丧，思想苦恼。或愁眉苦脸，垂头丧气，闷闷不语。或吃不好饭，睡不好觉，心神不宁。或心情烦躁，借题发作，乱发脾气。个别的会因想不通，压力大，思虑过度，而走上极端。因此，学会调适心理，安慰自己，稳定情绪，非常重要。

其实，遭遇不测、出乎预料的事，在生活中经常发生，许多人都有过，我就有过这种倒霉的事，如自行车丢失过好几辆，煮饭把锅煮干等。有时候，事情虽小，损失也不大，但是对情绪影响大。有时损失较大，心理刺激大，会反复思考、回忆发生的过程，悔恨当初，痛恨自责，惭愧内疚，埋怨自己没材料、没本事、老没用等，深深陷入苦恼之中。

调适心理"亏损"，就是调节心理平衡，弥补心理损伤。在遭遇心理损伤时，最重要、最需要的就是调适心理，稳定情绪。

调适心理，是一项疏理思绪，化解尴尬，消愁解闷的工作，需要耐心细致地去做。

调适心理"亏损"，应因人而异，不同的人，不同的事，应采取不同的方法。如果是发生在自己身上的事，不管事情多大，都要控制好自己的情绪，不要过分自责，不要怨天尤人，要想办法减轻思想压力，自我劝导，安慰自己。自责只能使人增加痛苦，使人悲伤、悔恨，倒不如用自嘲、调侃的办法。比如"旧的不去，新的不来""我早就想再换个新的呢""别人也发生过这样的事，损失比我还大呢""掏钱买教训，就算我缴的学费吧"等，用这样自嘲的方法排解烦恼，效果会好一些。

如果是发生在别人身上的事，比如发生在亲朋好友身上的事，得知后，应及时以关心、体贴、同情的态度热情地给予安慰、劝导，或问明情况，疏导情绪，并帮助研究补救办法，必要时亦可给予资助等。

人的一生，岁月漫长，苦甜酸辣，五味杂陈，什么样的事都会发生，经一事，长一智，挫折丰富人生，历练使人成熟。学会处变不惊，坦然面对，学会调节梳理，平衡化解，是生活的学问，一生都需要学习。

只言年轻不言老

在读书看报时，在与人聊天时，看到或听到某些名人、古人、伟人养生有道，调侃有术，为了保持年轻心态，故意把自己的年龄说得小一点，"只言年轻不言老"。

据说敬爱的朱总司令就有过，他在结束长征到延安时已57岁，可有人问他多大年龄时，他却说自己47岁。过几年再问他，回答仍然是47岁。就这样，朱总司令年年都是47岁，成为当时人们津津乐道的美谈。这表明朱老总乐观的心态、幽默的性格。

我国著名画家李可染先生一次在回答人家问他高寿时幽默地回答"我年方90"，意思是我才90岁，年纪不大，日子还长着呢。在耄耋之年，悠然说出"我年方90"，这是何等的乐观。

"只言年轻不言老，总把年龄说得小"，这似乎有点滑稽可笑，其实这是自我调侃，自我"保鲜"，是养生有术。滑稽中蕴含幽默，调侃中充满自信，是一种积极向上的心态、乐观豁达的精神风貌。

有位哲人说得好，"人到老年不言老，少说十岁心态好"。从心理学角度来说，"只言年轻不言老"的心理，能给老人带来愉悦，对增进身心健康、延年益寿大有好处。人在心情愉快时，机体可分泌出有益的激素酶和乙酰胆碱，这些物质能把血液的流量、神经细胞的兴奋和脏器的代谢活动调节到最佳状况，能有效地增强免疫系统的功能。

受到许多古人、名人、伟人乐观、豁达、幽默、风趣的"只言年轻不言老"的启发、鼓舞，我也学着调侃自己，在步入"花甲""古稀"之年时，每当别人问我多大年纪时，我都爽朗地回答"今年30多了"（意指公岁）。在步入耄耋之年时，人们问我多大年纪了，我说"十八"了（意指倒过来不就是八十嘛）。这样的回答，往往引起一阵笑声，给别人带来欢乐，自己心里也特别高兴。

"只言年轻不言老"，是一种心理养生术，也是一种人生智慧。老人心态乐观，把年龄说小点，是热爱生活、充满自信、精神有活力的表现。

乐观的生活，是健康的法宝，是生活的调味品、润滑剂，是生活的艺术，能滋润心灵，增强精神活力。

寻找快乐，制造快乐，能丰富生活，充实生活，有很深的学问，值得我们认真研究探索。想通了，学会了，用活了，不仅能提高幸福指数，而且能延缓衰老，健康长寿。

人老思想不能老

青春是美好的，从心理上讲，谁都希望活得年轻一些，不想过早地进入老年。你看，许多即将步入老龄或已经步入老龄的人，通过养生保健，留住了年轻。现实生活中也有一种情况，有的人虽然不足花甲，却老气横秋，从表面上看，比实际年龄苍老许多，与同龄人相比，好像年长几岁。而有的人，虽然年逾古稀，却仍然精力充沛，思维敏捷，精神状态显得很年轻。这是为什么？这与心态有关，心情好，心态乐观，热爱生活，就会显得年轻，有精神，有气质。

出现未老先衰或者心理衰老的原因很多，主要是精神因素引起的。有的思想上有压力，精神不愉快，脑子里对某些事思虑过度；有的生活上遇到某些困难，或经济上陷入困境；有的身患某些疾病，或遭遇天灾人祸；有的婚姻上出现挫折，或事业上遭遇不测等。常言说，愁一愁，白了头，思想上有苦恼，精神上有压力，心理上有"愁"字，就会愁眉苦脸，愁形于色。人的喜怒哀乐，产生于大脑，表现在情绪上，心理上有不良情绪，就会影响身体健康。因此，在日常生活中，为了防止心理衰老，必须与时俱进，不断学习，学习新知识、新技术、新思想、新观念，热爱新生事物，享受现代文明，开阔视野，旷达胸怀，学会乐观地生活，保持良好的心态，这样能防止思想老化。

防止心理衰老，有许多经验可以借鉴，比如：

学会"笑"，就是学会乐观地生活，到欢声笑语的地方去，到妙趣横生的生活中去，寻找乐趣，寻找开心的事，愉悦身心，使生活过得充实、潇洒、积极、有意义、有情趣。

学会"掉"，就是放下架子，回归普通，不管过去当过什么"长"，担任过什么领导职务，现在告老还乡，无官一身轻，过平凡、平静的生活，这是一种心态。不要闷在家里，不要孤陋寡闻，要走入人群，广交朋友，多与人沟通交流。

学会"俏"，就是学会打扮自己，把自己打扮得漂亮一点，毕竟现在生活条件好了，转变一下观念，改进一下穿戴，提高一下生活质量，是完全必要的。穿衣服是外表，体现的是内心，是心情，把自己打扮得年轻一点，会显得更加自信。

学会"跳"，就是坚持锻炼，适度运动。人们常说，生命在于运动。这话是有道理的，要根据自身情况，摸索出一套适合自己的活动方式，长期坚持，必有好处。

学会"撂"，就是遇到烦恼时，学会解脱，扔包袱。生活中谁都会有烦恼，要学会化解。遇到烦恼不要闷在心里，要学会宣泄。比如，找老朋友倾诉，请求帮助指点，或离开现场，脱离尴尬等。

追求"妙"，就是追求新奇，喜欢看新鲜奇妙的东西，听美妙的乐曲，欣赏美妙的意趣，看美丽的风景，参观奇妙的艺术品，阅读妙趣横生的文章等。人逢喜事精神爽，人的大脑一旦受到新奇事物的刺激，就会兴奋起来，使脑细胞产生有利健康的物质。

一个人，生理年龄是自然规律，心理年龄是思维活动，精神年龄是外在表现，真正的年轻是心理感受。思维新，观念新，紧跟时代，生活时尚，追求新奇，热爱新生事物，这种心态就是年轻心态，是非常可贵的。

老有所乐如何乐

老有所乐是热爱生活、向往美好、充满自信的表现，是心态好、会生活、懂养生的体现。

老有所乐充满哲理，乐中有趣，乐中有美，乐能交友，乐能怡人，乐能健身，乐能长寿。

人的一生，谁都喜欢快乐，谁都需要快乐，老年人更需要快乐。老年人在休闲时光里，有快乐相伴，在快乐中生活，不仅能促进身心健康，更能体现享受人生的意义。

因此，老人们在颐养天年中，一定要学会寻找乐趣，培养乐趣，创造乐趣，用乐趣填补从岗位上退下来的失落，充实休闲中的空虚，保持热爱生活的信心。

快乐是老年人生活中的重要元素，不是可有可无，而是生活的必需品、营养品、保健品，也是生活中的动力。只要生活中有乐趣，有愉快的心情、快乐的环境、快乐的活动，即使暂时遇到一些困惑，也会很快被消除。

休闲品趣

　　"老"是现实，"乐"是心态。老是自然规律，是不以人的意志为转移的客观现实，应该直面现实。但是，不能消极地看待人生，不能甘于寂寞，消磨时光，应该追求快乐的生活，活得有价值、有意义，活得有趣味。乐是一种心情，一种精神，是向往，是追求，是精神需求。娱乐让人放松，游戏让人快乐，幽默让人幸福。人老了不能过无聊无趣的生活，有乐趣生活才有滋味。老有所乐是生命有活力的表现。

　　老有所乐主要在于寻找、开发、培养、创造。老人的快乐就在他们身上，就在他们奋斗一生里，就在他们休闲生活里，学会欣赏成就，学会品尝成果，学会放松心态享受时光，学会享受天伦之乐，学会追求新奇美好。

　　老年人这个群体，由于原来的基础、经历、学识、爱好和现在的年龄、处境等方面的不同，在追求乐趣上各不相同，只能顺其自然，根据自身情况及各自的爱好去选择。现在，国家和社会为人们创造、开发出许多可供选择的娱乐设施和条件，大有玩耍求乐的用武之地。

　　老有所乐，要追求积极向上的乐趣，要乐出健康来，乐出品位来。老了千万不能消沉，不能悲观失望，不能闭门索居。如果意志消沉，情绪沮丧，精神萎靡，整天闷闷不乐，即使拥有财富，条件优越，衣食无忧，那也不幸福。

　　追求老有所乐，也需要把握好度，不能为所欲为，一定要量力而行，适可而止，毕竟岁数不饶人。有的人不顾身体条件，对某些活动达到入迷的程度，是不可取的，如打牌、赌博、酗酒、山吃海喝、激烈运动等，往往会引起一些不良后果，这是值得注意的，切忌乐极生悲。

"空巢老人"心不能空

在老年人群体中,有一部分"空巢老人"备受人关注。所谓"空巢老人",就是身边无儿女,或儿女长大后外出工作,或子女离开父母单独生活等,使这部分老人独守家中。

据我观察了解,"空巢老人"情况多种多样:有的老夫老妻相扶相携,过平静的生活;有的孤独一人,独享其身,自谋生活;有的身体尚好,生活自理;有的身体欠佳,体弱多病;有的生活条件优越;有的条件较差;有的心胸开阔,性格乐观;有的性情孤僻,郁郁寡欢;有的喜欢劳动,每天都找些力所能及的活干。

老年人辛苦一辈子,本不愿意孤独生活,老了想过愉快的生活,不愿再为儿女们添麻烦,所以选择单独生活。有的是因其他原因而孤独生活。

"空巢老人"产生空虚心理,原因很多,有物质方面的,也有精神方面的,主要是精神需求。人最不可缺少的就是生活充实,精神抚慰。现实生活丰富多彩,解决心理空虚问题,有许多有利条件和方法。比如:

一、看报纸、听广播、看电视等。"空巢老人"都是过来的人，大多阅历丰富，把自己的命运与党和国家的前途命运紧密联系在一起，即使告老身退仍关心国家大事，听到、看到国家的新发展、新变化，会深受鼓舞，精神振奋，产生老当益壮的心理。

二、学习新知识、新技术。如学习手机、电脑、相机和家用电器中的功能技术等。在学习过程中，动手动脑，追求进步，或拜师求教，或聆听授课，心里有追求，生活就充实。

三、主动与邻居、老友保持联系，经常相约相聚，交流聊天，寻找开心，排遣寂寞。

四、寻找新的乐趣。如养花、钓鱼、写作、绘画、唱歌、跳舞等。只要经常有事干，心里就会充实。

五、经常走出去，寻找新奇，看新鲜事物。大千世界，无奇不有，走出家门，到山川秀美的地方游玩，到欢声笑语的场合散步，到异地他乡旅游等，找到新感觉，看到新奇的事，视野开阔，耳目一新，就会觉得生活充实。

六、儿女们常回家看看，亲友们经常保持联系，或互相打个电话、写封信等，相互问候、鼓励能起到通情况、报平安、交流思想、精神抚慰的作用。老人们耳边有问候声，是"兴奋剂"，经常听到问候声，心里会感到安慰。

七、经常找些力所能及的活干。有些老人含辛茹苦一辈子，现在每天闲着没事干，心里不自在。喜欢找些活干，如剥花生、打扫卫生、洗衣、做饭等，虽然忙点，但心里舒服。

八、"空巢老人"的原工作单位或社区、医疗服务单位等经常与"空巢老人"保持联系，如派人探视、聊天，进行精神慰藉等。

关爱老人是一项关注民生、为民谋利、惠及社会、温暖人心的工程。健全体系，完善机构，落实政策，提供上门服务等，是不可缺少的。

解决"空巢老人"心理空虚问题，需要多方面努力。国家、社会、单位、社区、个人都需要努力。"空巢老人"自身也需要努力，比如调整心态，多想愉快的事。想改革开放以来，国家发生的巨大变化。想自己奋斗一生，辛勤劳动，所取得的成就。想国家、社会关注民生，关爱老人，所做的许多实事、好事。想儿女们在学业上、事业上取得的成绩。想这些，就会心情愉悦，心理满足。

其实，许多"空巢老人"心理需求并不高，往往一件普通小事就能满足，比如，单位、社区的探视，亲朋好友的问候，儿女们的"回家"看看，他们就非常高兴。别看这一问一看，它的作用相当大，能使老人们觉得有人想着他们，关心他们，心里自然就感到温暖。还有，在社区医疗服务站，建立"空巢老人"健康档案，经常巡视问诊等，这深受老人们的欢迎。

有的老年人喜欢读书，经常有本好书看，就觉得生活很充实。有的老年人喜欢听音乐戏曲，茶余饭后，到文化娱乐场所，看一场表演，听一段演唱，心里就很高兴。有的老年人喜欢找老友聊天，谈天说地，评古论今，互相逗笑，高兴起来往往会忘掉疾病，忘掉忧愁。有的老年人喜欢"爬格"，利用休闲时间写点东西，把自己经历的事写成文章，这对于有文化修养的老人来说无疑是一件有意义的事。还有的老年人乐于与人交流厨艺、切磋养生等。

我想，"空巢老人"空的是心情，是心里不充实，生活没趣味。只要有人陪他们说话，问候他们，看望他们，关心他们，他们心里就不空了。

不能不服老

最近，在与人聊天时，谈到有两位熟悉的老友不慎跌倒造成骨折，引起大家一番议论。正好一位医生在场，他做了一番专业阐述。他说，步入老年，往往因为血压、视力、反应能力等多方面发生改变，容易出现眩晕，甚至发生摔倒。所以，老年人要谨防跌倒。跌倒对老年人来说，既是威胁，也是痛苦。摔倒不仅造成身体创伤，对心理的创伤也很严重，往往会产生思想压力，想到我老了、不行了等。

由此引起我一些思考。我想，一个人由小变老，年老体弱，这是自然规律。老了必然有老的征兆。老了身体的各个部位、各种器官会发生变化、退化，甚至会出现这样或那样的疾病，这些都可能成为事实，必须正确地认识它、正视它，不能不识老、不服老。不服老是一种心情，一种精神，人应该有这种精神，也需要振作精神。但是，在对待自然规律上，老人们应该实事求是，正视现实。

不服老，在现实生活中有许多表现，比如不示弱，不听儿女劝说，思想固执，该认输时不认输。明明岁数老了，身体弱了，却硬要逞强，摔倒了不让扶他，有病了不去求医，错误地认为过一会儿就好了，过两天就没事了。我有一位同事，过去见他向他问好，他总爱说，身体没事，一辈子没吃过药，没打过针。后来，有一天身体不适，他仍用老办法对待，认为在家休息两天就会好，没去求医。结果几天后，他耽误了治疗时间，突然去世了。

在现实生活中，往往有这样的情况，有些保健意识强，经常求医，及时体检，不断吃药，人称"药罐子"的人却能长寿，而那些自认没病，不在乎、不服老、不体检、不去求医的人，却容易遭遇不测。

有的人，不服老，该休息时不休息，该放权时不放权，该丢掉的舍不得。不懂得放弃的可贵，使自己遭遇过劳、疲惫、烦恼。有的明明力不从心，干不成了，却硬要去干。还好提"当年勇"，说自己以前一天能走多远路，能挑多重的担子等。现在老了，硬要去做激烈运动，去干力不能及的事，结果累得腰疼腿酸，几天恢复不过来。

我就有这样的体会。一次，我与几位同事到水库里去游泳，心想，年轻时在河里洗澡，一气能游很远。可这次，没游多远就没劲儿了，在别人帮助下，才勉强游到对岸。还有骑车，过去一天能跑100多里，现在骑几十里就觉得很累。不服老不行啊。

我想，一个人身体的变化，是不以人的意志为转移的，是个渐变过程，是悄悄变老的。人的肌肉和各种器官是在不知不觉中退化的，比如，脑子迟钝了，记忆健忘了，眼睛看不清了，耳朵听不清了，走路蹒跚了，经常出现腰酸腿疼等，这些都是老的征兆。

有句老话说得好，"识时务者为俊杰"。该服老时应该服老，要客观地认识自己，把握自己，适度参与各种活动。认识到现在的年龄、现在的身体、现在的处境和过去不同。要有自知之明，不要期望值过高。既要自信、自励，又要清醒理智。不攀比，不盲从，不冲动，不做心血来潮的事，不想自己办不到的事，不干自己不能干的事；不超负荷运动，不过量饮食；做事量力而行，适可而止；吃饭莫饱，走路莫跑，遇事不恼；及时体检，及时问医，有病早治，无病早防；宽宏大度，放松心态，过平常、平安、平静的生活，过积极、愉快、健康、有意义、有质量的生活。

休闲品趣

我的休闲理念

"告老身退"是人的"金秋"到了,秋天是春华秋实的季节,是品赏成果的季节。

人的一生,不仅要学会辛勤劳动,创造财富,还要学会休闲生活,品尝成果,欣赏成就。

人的一生,随着年龄的增长,不同时期会有不同的追求。童年时期,处在成长发育的初期,天真活泼,无忧无虑,追求尽情地玩耍。青年时期,如茁壮成长的禾苗,在阳光雨露滋润下,追求进步,重视学习,向往美好。壮年时期,涉世已深,大多已成家立业,成果显现,重视事业,珍惜时光。老年时期,步入人生的"金秋"时节,走进收获的季节,大多喜欢回眸历程,抚今追昔,重视健康,享受天伦之乐。最近,有人问我,离休后有什么感受?我说感受最深的有三点:一是在休闲中想愉快的事;二是做自己喜欢做的事;三是把养生保健当成事业来做,当成学问来研究。

一

想愉快的事。老了喜欢怀旧，想陈年往事，回忆走过的历程。人的一生，肯定有成功的地方，也会有失误。有顺利，也会有曲折，苦甜酸辣，什么味都会有。这是生活的真实，人生的真谛，谁都会有，有这种感受才能体现沧桑的价值、人生的可贵。深情地回味一下往日的经历，能起到自我安慰的作用。尤其回忆愉快的往事，能愉悦身心，振奋精神，增强自信，有益于颐养天年，享受天伦之乐。对痛苦的事、伤心的事，不必过多地去想，毕竟已经过去，想多了会伤心、伤神、伤身体。常言说，人生不如意的事十有八九，就常想"一二"，想愉快的事、如意的事，越想心里越知足，越幸福。

二

做喜欢做的事。离休并非万事皆休，离休是转折，是新阶段的开始，实际上有很多事等着去做。我最喜欢做的事是读书，在岗时因为忙，想读的书没来得及读，却在休闲中完成了。赋闲读书，享受清静，陶冶情操，增长知识，深感快慰。再就是走出去看新奇的东西。比如参观旅游，看各地的新发展、新变化，祖国的大好河山，异地风情，新奇的事物，奇妙的艺术，特别的景色。置身其中，心旷神怡。还有走亲访友，调侃聊天，评古论今，谈天说地，逗笑取乐，非常惬意，那真是一种美的享受。学习手机、电脑、摄影等新潮时尚的新知识、新技术，也使我领略到新生活的美妙，找到了新感觉。

还有，我积极参与洗衣、做饭、操持家务等活动，使我得到新的锻炼和提高。一是对过去在家务劳动上的缺失找到补偿的机会，二是找到了锻炼机会。别看这日常琐事，它使我锻炼了体魄，考验了体能，增强了体质，提高了生活适应能力和生活技巧。许多自己喜欢做的事，都给我带来了快乐，获得心理上的满足、精神上的充实。

三

　　把养生保健当成事业来做。养生保健是我一生的爱好，离休后更加重视。我觉得身体健康是幸福的本钱，是做事的基础。在休闲时光里，我把养生保健当成事业来做，当成学问来研究，树立健康第一的思想。没有豪车豪宅不能没有健康，不能为了贪吃不要健康。把追求健康的主动权，紧紧掌握在自己手里，坚持积极养生，主动保健，愉快生活，且形成习惯，坚持不懈。拜医为友，求医问病，及时体检，按时服药，合理膳食，适度运动，科学生活。有人说，人生有两个追求，一是财富，二是长寿。追求财富我无能为力，追求长寿我将不遗余力。

何不一笑了之

在人生旅途中，在日常生活里，人与人之间发生误会是常有的事。在机关单位里、邻里间、家庭中、朋友间以及村民、市民、职工中，都曾经发生过。误会使人烦恼，却又必须面对。

误会是腐蚀剂，发生误会肯定会产生消极影响，影响人的情绪、感情，影响人际关系，影响正常的生产、生活、工作、学习。有些人因此生闷气，郁郁寡欢，焦虑急躁，或互相猜疑，勾心斗角。严重的会发生争吵、打斗，甚至发生夫妻分手，家庭不和，毁坏东西甚至危及生命等不良后果。好端端的亲朋好友，和睦家庭，亲密同事，突然间阴云密布，产生隔阂，反目成仇。这样的事是谁都不愿意看到的。

产生误会的原因很多，如彼此间话没说透，判断失误，或道听途说，偏听偏信，受人挑拨，听信谣言或张冠李戴等，这些原因，在发生误会的当下，当事人不一定能马上清楚，且往往信以为真。

误会毕竟是误会，真事假不了，假事真不了。误会终究会水落石出，真相大白。其实，对误会的真假虚实，在当事人中总有一方心里是清楚的，没有就是没有。

　　遭遇误会，事出无奈，一时又说不清楚，短时间又弄不清楚，消除不了。我想，在发生误会时，最好的办法是先冷静下来，忍耐一下，不要急于发作。产生误会有一个过程，消除误会也需要一个过程，需要时间。在遭受误会期间，肯定会给人带来伤害、痛苦、委屈、心情不快。但是，一定要忍耐坚持。当然，主观上不能放弃努力，去讨回公道，弄清真相，最终消除误会。

　　事情的发生、发展，往往是多元化的。发生误会有时也有好处。在忍受、经历误会的过程中，能考验人的韧性，磨炼人的意志，历练人的稳重，增长处事知识，提高思想认识，使人清醒，让人明白。其实许多老练持重、处事洞明的人，就是在磕磕碰碰的生活中炼成的。吃一堑，长一智。人的一生，有喜悦顺利的时候，也有曲折烦恼的时候。不论遇到什么情况，都得面对，经受住误会，这就是锻炼。沧桑使人历练，磨炼使人成熟。

　　对待误会的态度，有时候也考验人的处事能力、处事智慧。不仅表现在发生误会时，也表现在消除误会的过程中。往往有这样的情况，在刚发生误会时，双方相持不下，陷入僵局，一旦真相大白，又成为亲密的好朋友。经过时间的考验，亲朋好友间的亲情、友情会更加密切。因此，在误会真相大白、水落石出时，一定要拿出宽容的胸怀、忍让的气度，消除隔阂，忘掉怨恨，不留遗憾，来一个一笑了之，切莫被误会所困。

后 记

离休后，赋闲读书，消遣品趣，忽然又对写作产生兴趣。这主要是受几位老同事、老朋友的影响和启迪。他们告老身退后，有的奋笔疾书，有的潜心书法，有的热衷绘画，有的醉心摄影，退而不休，余热升华，辛勤耕耘，匠心有果，令我羡慕，于是就动起笔来。

沧桑一生，积累了太多的回忆，不时地在脑海中荡起，尤其是那些欣慰的往事，有趣的故事，以及改变自己命运的那些事，一想起来，就兴奋不已。因为它曾经给我带来过幸运、幸福、机遇。这些往事在生活中鼓舞、激励过我，在我的内心深处留下永远的铭记。回忆它，能找到心理的安慰；品味它，我深感幸福、甜蜜；书写它，是我对辛勤一生的怀念。

写作是一件很让人入迷的事，一热起来就放不下笔。回顾盘点，梳理思绪，构思谋篇，领悟经历，伏案笔耕，心里很惬意。经过一番努力，一篇篇雕琢而成的文章摆在案头，有的还在电台上播出、在报刊上发表。我深受鼓舞，充满希冀，这更激起我不懈的努力。

我写作不是我有才华，而是我对生活有感情，对人生有感悟。我热爱生活，珍惜经历。喜欢用"爬格"的方法，享受时光，感念过去，抒发情感，记录走过的轨迹，追忆生活的价值、生命的意义。我觉得用这种方式享受休闲，生活很充实，悠然自得，对身心很有益。

写作中，我喜欢用哲理的思维方式，看待生活，看待过去，看待自己。无论叙事还是说理，我觉得用哲理的方式看问题，能够做到概括精练，表达深刻，针对性强，往往因哲理而洞明，并悟出新意，对问题看得更加客观、实际。

这本书与先前出版的《岁月拾趣》一样，在形成过程中，得到许多老同事、老朋友的关心、支持和帮助，特致真诚的感谢。

由于本人水平所限，书中难免有疏漏或不妥之处，恳请读者指正。

2014 年 6 月于许昌